KB076314

울지 않겠다고 결심한 날

차별, 증오, 의심, 직장 내 괴롭힘 등을
평생 견뎌온
그녀의 상처회복 스토리

울지 않겠다고
결심한 날

최 은 경
자전소설

책엔

희망과 배움과 성숙은
지금도 현재 진행형이다

 살아간다는 것은 관계를 맺는다는 말인지도 모른다.
잘 산다는 것은 좋은 관계를 맺는 법을 배우고 있다는
말일지도 모른다. 인간(人間)이라는 한자 역시 그런 관
계, 혼자서는 결코 이룰 수 없는 어떤 더 멋진 삶을 상
징한다고 볼 수 있으니까….

 작가의 이 자전적 소설은 어쩌면 타인과의 관계에
관한 이야기이자, 자신을 찾아가는, 즉 자신과의 관계
를 타인을 통해 더 견고하게 만들어가는 이야기라 할
수 있다.

아이가 천 번을 넘어져야 드디어 일어나는 법을 배운다는 통계가 있듯, 우리가 사는 언제나 생방송으로 살 수밖에 없는 인생에서 멋진 관계를 맺고, 멋진 사람이 되어가는 법을 배우는 과정도 그와 비슷하지 않을까 싶다. 특히 이 정글 같고 전쟁터 같은 사회에서 타인과의 관계를 통해 제대로 일어서는 것을 배우고 멋진 사람이 되는 법을 배우는 것은 긴 터널 같은 고통의 과정이 되는 경우가 많다.

그래서인지 작가의 이 글 속에서는 또래 같은 직업을 가진 사람들과의 관계, 같은 종교 집단에서의 관계와 남녀 간의 관계가 다 담겨 있다. 어떤 관계도 그냥 행복한 관계는 없다. 모두 슬프고 아프고 화가 나고 상처받고 무너져 내릴 것만 같은 관계들 투성이다.

사실 웃고 있지만 속으로는 울고 있는 이 땅의 많은 사람에게, 작가가 이 글에서 말하고 싶은 것은 그렇게 행복한 척 웃고만 있지 않아도 된다고, 울어도 된다고, 같이 울어주고 싶다는 것이 아닐까 하는 생각이 들기도 한다. 먼저 울어보고 먼저 아파보고 더 고통을 크게 당해본 사람만이 울고 아프고 고통당한 사람을 제대로

품을 수 있다는 것을, 아마 작가는 누구보다 잘 알고 있을 테니까….

보통은 사람들에게 상처를 받으면 받을수록 숨게 되고 희망을 접게 되고 차라리 동물을 더 믿게 되고 은둔형 외톨이처럼 변하면서 어떤 사람도 믿지 못하고 속마음을 감추면서 거리를 두곤 하지만 이 글은 그런 일반적인 우리의 반응과는 사뭇 다른 이야기들과 고백으로 가득하다.

그중에서도 특별한 것은, 어떤 상황에서도 희망을 포기하지 않는 것을 보여주고 있는 것이 아닐까 싶다. 그것이 나에 대한 희망이든, 타인에 대한 희망이든, 희망을 포기하지 않는 것은 평범해 보이지만 지금 이 시대에 가장 비범한 능력이라고 볼 수도 있다. 1%의 희망을 포기하지 않을 때 그 1%가 언젠가 100%처럼 커지는 경험을 할 수 있다는 것을 작가는 긴 시간 도망치지 않고 힘든 관계들을 버티고 싸우고 상처를 입더라도 이겨내면서 보여주고 있다.

희망을 말하기는 쉽고, 관계를 말하기는 쉽지만, 그 사람 자체가 희망이 되거나 그 사람 자체가 언제나 관

울지 않겠다고 결심한 날

계를 포기하지 않고 다시 도전하는 것은 정말 어려운 일인데, 작가가 말하듯 다 이해하지 못하는 작가의 어떤 힘이 이 자전적 소설까지 쓰도록 작가에게 힘을 주고 있는지 나 역시 무척 궁금하다. 단지 기질만은 아니리라….

때로 긴 시간을 충실히 살다 보면, 오래전에 죽을 듯 아팠던 시절을 회상할 힘도 생길 때가 많은데 이 글은 그런 시간을 잘 보낸 후에 젊은 시절을 회상하면서 아팠던 기억을 묶어서 하나의 예쁜 매듭으로 만드는 작업 같다는 생각이 든다.

이 글을 통해서 작가는 무엇을 얻었을까? 이 글 덕분에 뭔가 정리가 되고 홀가분해지지 않았을까? 이 글 덕분에 글쓰기의 가장 중요한 것 중 하나가 진정성이라는 것을 깨닫지는 않았을까? 그것이 무엇이었든지, 이 글을 쓰는 과정이 가장 소중한 것을 얻는 과정이 되었기를 바라는 마음이 든다.

어쩌면 이 글을 통해 자신의 아픔을 토해내면서 정리하는 과정 자체가 초청인지도 모르겠다. 누구에게나 자신의 이야기, 특히 힘들었던 그동안 그래서 자책하면서 혼란스러워하면서 이해도 안 된 채 감추기만 했던, 하지만 가장 중요한 자신의 이야기를 자신처럼 용기를 내어 글로 드러내어 보라는 초청인지도 모르겠다.

정신적으로 글로 힘든 것을 정리해서 쓸 수 있다는 것은 매우 치유적인 작업이 될 수 있기에, 작가의 글을 읽고 많은 분이 용기를 내어 자기 자신만이 할 수 있는 이야기를 쓰는 용기를 얻었으면, 하고 바라게 된다. 그래서 작가처럼, 그럴싸하게 포장된 책에서는 결코 제대로 배울 수 없는 것을 더 진솔하게 나누면서 함께 힘을 얻고 위로하고 다시 희망을 품고 한 발짝 나가는 삶을 살기를 바라게 된다.

작가에게 소설을 쓴다는 것은 바늘로 우물을 파는 작업처럼 매우 오랫동안 힘겨운 사투에 가깝다고 말했던 오르한 파묵이나, 도끼로 자신의 익숙한 틀을 깨지 않는 글은 읽을 필요가 없다고 말했던 프란츠 카프카의 말처럼 정말 진정성이 담긴 그러기에 한편으로는 이 힘든 세상에서 아플 수밖에 없는 글을 마치 해산하는 고통을 견디면서 쓴 작가에게 감사를 드린다. 이 글역시 파묵이 썼던 소설들처럼 그런 고통을 품고 있다

울지 않겠다고 결심한 날

가 한 단어, 한 문장씩 나온 글처럼 느껴진다. 그런 의미에서, 작가의 희망과 배움과 성숙은 지금도 현재 진행형이다.

무엇보다 이 글이 작가분의 바람처럼 많은 여성분과 또 힘겨운 삶을 그저 웃으면서 살아가고 있는 많은 분에게 위로와 용기를 주면 좋겠다는 생각을 한다.

- 박성근(아산정신병원 정신과장)

목차

1

다가오는

폭풍

1. 다가오는 폭풍

여름이 끝나가는 무렵이었다. 리나는 한 지방 도시에 머물고 있었다. 이혼한 전 남편의 마지막 직장이 그곳이었기 때문에 이혼 후에도 삼 년간 그 지역에 있었다. 남편을 따라온 낯선 도시에서 갑자기 이혼을 하고 나자 무슨 일을 해야 할지 막막했었다. 궁리 끝에 시작해 본 것이 영어를 가르치는 것이었다. 학교 다닐 때부터 영어를 좋아해서 관련 성적이 좋은 편이었고 그 시점에 할 수 있는 일이 있다는 것을 다행으로 여겼다.

서른을 넘기지 않은 나이와 서울의 대학 졸업장 때문인지 학원 일자리는 구하기 어렵지 않았다. 학생시절 리나도 학원을 다녀보지 않았던 것은 아니지만 한국의 학원이란 게 독특했다. 선생 한 둘의 작은 곳부터 원생이 백 명이 넘는 곳까지 규모도 다양했다. 학교처럼 공인된 교육과정이랄 것도 없고 졸업장이 주어지는 것도 아니었지만, 많은 부모들이 당연한 듯 적지 않은 돈을 내고 아이들을 학원에 보냈다.

대개 학원 선생이 되기 위한 특별한 조건이라는 것도 없었다. 경력이 없어도 대졸 학력에 해당 분야에 조금의 지식만 있어도 일자리는 구할 수 있었다. 그러다 보니 본업을 찾는 중에 잠시 스쳐가는 사람들과 다른 공부를 하면서 파트타임으로 일하는 사람들도 많았다. 대부분 소규모 자영업식의 운영에다 들락날락 하는 사람이 많아서인지 근무 조건도 열악한 곳이 다수였다.

이후에도 리나는 몇 군데의 학원에서 일 했고 학원 일을 하지 않을 때는 몇 명의 학생에게 개인과외를 했

울지 않겠다고 결심한 날

다. 학원은 오래 다니고 싶은 곳이 별로 없었다. 어떤 곳은 경력과 지식이 부족한 리나가 일하기가 벅차기도 했고 어떤 곳은 수강자들에게 강사들의 프로필을 속이는 정직하지 않은 행위를 하기도 했다. 어떤 곳은 처음부터 강사들에게 월급 줄 돈도 없으면서 채용을 해서 일을 시킨 곳도 있었다. 그곳은 채용한 강사들의 프로필을 학원 광고에 이용만 했지, 첫 월급을 줄 돈도 없는 곳이었다. 이런 경험들을 하면서 가르치는 일이라는 게 과연 자신에게 맞는 건가 하는 의문은 계속 들었다.

영어를 가르치기 시작한 초반에 한 학원에서의 일이었다. 원장이 리나와의 면담을 원했다.

〈이 수업 좀 맡아서 해 보세요. 이 수업계획표를 보세요.〉

리나는 잠시 망설이다 대답했다.

〈해보도록 하지요. 쉽지 않을 것 같지만 도전해 보고

싶네요.〉

〈경력이 상당히 있는 것처럼 유도리 있게 잘해보세요.〉

원장은 사정이 있었는지 경력도 부족한 리나에게 레벨이 높은 성인 영어반을 급히 맡겼다. 원래 그 반을 맡은 강사에게 무슨 일이라도 생긴 모양이었다. 말하자면 대타인 셈이었다. 수강자 대부분은 해외에서 영업을 하고 직접 큰 계약을 성사시키는 사람들이었다. 그들이 리나의 수준을 눈치 못 챌 리가 없었다. 어느 날이었다. 그들 중 한 사람이 리나에게 조심스럽게 말했다. 리나로서는 한숨이 나올 수밖에 없는 의미심장한 얘기였다.

〈사람들은 생각보다 냉정한 평가를 합니다.〉

이 일뿐만 아니라 이후 살아가면서 리나는 이 말이 맞다는 생각이 들었다. 남도 리나를, 리나도 남을 곧이든 늦게든 냉정한 평가를 하게 되어 있다는 것을 말이

울지 않겠다고 결심한 날

다. 냉정한 평가라는 것이 부정적 평가, 편향된 평가만을 의미하는 것은 아니다. 그 일이, 그 사람이, 자신에게 진정으로 어떤 의미였는지, 어떤 가치였는지 깨닫게 된다는 것이었다.

한편 시간이 흐르면서 이혼하면서 느꼈던 슬픔에서는 거의 벗어나고 있었다. 짧은 결혼 생활이었고 서로 맞지 않는다는 결론으로 협의 이혼한 것이었지만 이혼은 리나에게 큰 좌절감을 안겼다. 그리고 이혼이란 것을 리나는 또 하나의 수치와 실패로 받아들였다. 한동안 침울할 수밖에 없었다.

거리가 잘 정돈된 도시에서의 삶 자체는 나쁘지는 않았다. 결혼할 때 자신의 차를 처분했었기에 다시 차를 샀다. 시간이 나면 기분전환 삼아 예전에 배웠던 승마도 다시 해보고 그 도시와 주변의 명소를 찾아다녀 보기도 했다. 학원에서 일하다가 자신처럼 타지에서 온 새댁 친구도 생겼고 동네 아주머니 한 분과도 친한 사이가 되었다. 예쁜 강아지도 집에 들이게 되었다. 강아지를 데리고 산책하는 것이 주요 일과 중의 하나가 되었다. 리나는 새로운 생활에 적응해 나가고 있었다.

마침 친구가 된 새댁은 남편과 함께 교회를 열심히 다니는 사람이었다. 신앙생활을 하며 가정과 일을 꾸려 나가는 모습은 리나에게 의미 있게 다가왔다. 리나에게 특별히 전도를 하려거나 하지는 않았지만 리나는 신앙 생활에 대한 관심이 커져갔다.

이혼 후 1년 정도 뒤에 천주교 성당을 다니게 되었다. 성당은 리나에게 낯선 장소는 아니었다. 자랄 때 집 근처에 성당이 있었고 때때로 가본 적이 있었다. 성인이 된 이후에도 성당을 찾은 적은 있었다. 성당의 신도가 아니라 하더라도 성당은 조용히 혼자 있을 수 있는 평화로운 곳이었다. 그런데 꾸준히 낼 수 있는 시간이 없다든지 하는 이유로 세례를 받는 것은 포기했었다. 그렇지만 이혼 이후 찾은 개울 옆의 성당은 규칙적으로 나갔고 몇 개월의 공부 후에 세례도 받았다.

울지 않겠다고 결심한 날

성당을 다닌 것은 리나가 다시 기운을 얻는 데 큰 도움이 되었다. 가톨릭 신앙을 완전히 이해하고 수긍할 수는 없었지만 리나에게 의지와 위로가 되었던 것은 분명했다. 그것만으로도 참 좋은 일이었다. 리나는 조금씩 활기를 되찾고 있었다.

이때까지도 리나는 곧 자신에게 닥칠 폭풍을 예상하지 못하고 있었다. 현실감을 잃어버릴 정도의 이상한 일들이, 너무 이상해서 보이지 않는 거대한 폭력으로 느껴지는 일들이 벌어질 것이라는 것을 몰랐다. 지방 도시에서 평범한 생활을 하고 있던 자신이 갑자기 급류에 떠오른 나뭇잎 한 장처럼 흔들리게 될 줄은 상상도 못하고 있었다.

조작되지 않은 현실과 다른 요소에 오염되지 않은 인간관계가 사라져 버리는 비극이 리나를 향해 한 발자국씩 다가오고 있었다. 알지 못하는 어떤 것들에 의해 포위되고 위협받고, 그것이 리나의 마음 속 공포를 불러일으키게 될 일들이 곧 벌어졌다. 리나는 알 수 없는 외부의 위협과 자기 내면의 공포, 이 두 가지와 사투를 벌여야 했다.

훗날 모르는 어떤 이들이 지나가는 리나를 향해 〈직장 내 왕따라는군.〉 하고 말하는 것을 몇 번 들은 적이 있었다. 리나는 알지 못하지만 리나를 알아보는 사람들이 있었다.

어느 날은 화장실에 들어갔다가 세면대 앞에서 마주친 한 여성이 손을 씻고 있는 리나를 힐끔 쳐다보았다.

〈직장 내 왕따래.〉

이렇게 말하고는 일행들과 함께 나갔다. 그들이 어디서 어떤 경로를 통해 리나에 대해 그런 정보를 가지고 있는지는 알 수 없었지만 그때마다 리나는 이런 생각이 들었다.

〈그게 다가 아닌데.〉

울지 않겠다고 결심한 날

2

지옥 같았던 학원

2. 지옥 같았던 학원

그 즈음 새로 일할 학원을 알아보다가 그 영어 학원에 들어가게 되었다. 추한영이라는 이름의 원장은 차분한 이미지를 주는 중년의 여성이었다. 서류 접수와 간단한 면접을 거치고 당장 채용해주었다. 리나는 기분좋게 일을 시작했다. 이전에 경험한 곳에 비해 일단 시설이 크고 깨끗했으며 강사와 원생 수가 많은 곳이었다. 무엇보다 원어민 영어 강사들이 많은 것이 인상적이었다. 영어 학원이지만 원어민 강사들이 아예 없는 곳들도 있었기 때문에 리나는 그 점이 좋았다. 학원으

로서 괜찮은 곳인가보다 싶었고 원어민들과 대화를 좀
해볼 수 있겠구나 싶었기 때문이다.

리나 자신이 영어 학원에서 일하게 되면서 안 사실
이지만 영어 말하기를 못하는 한국인 영어강사는 의외
로 많았다. 그도 그럴 것이 학생들 학교의 영어 수업 자
체가 독해와 문법 위주였고, 그것을 보충적으로 가르치
는 강사들의 경우는 영어 회화를 잘하지 않아도 별 문
제가 없었다.

리나의 영어 말하기도 별로 좋지 않았다. 학생들과
교실에서 쓰는 영어는 거의 매뉴얼화 된 것이라 그런
대로 잘할 수 있었지만 원어민들과의 대화는 서툴렀다.
발음은 상당히 정확한 편이었지만 유창하지는 못했다.
리나는 처음에 그 점이 좀 부끄럽기도 했다. 명색이 영
어를 가르치는 일을 하면서 말이 능숙치 않다는 건 못
난 일이었다. 그래도 무슨 말이든 해보고 싶었다.

학원에 처음 출근했을 때 다수의 원어민 강사에 비

해 한국인 강사 수가 적다는 것이 이상했다. 어쩌다 보이는 두세 명의 파트타임 강사들을 제외하면 얼마 되지 않았다. 알고 보니 리나가 들어가기 직전 매우 좋지 않은 일이 있었고 여러 명의 한국인 강사들이 한꺼번에 나가버렸다는 것이다. 원장의 한국인, 외국인 측근들의 횡포 때문에 벌어진 일 정도로 들었다. 그 일 때문인지 일부 강사들 사이에 반목이 있다는 느낌이 들었지만 크게 개의치 않았다. 그러나 곧바로 문제가 시작되었다.

학원 스태프들이며 강사들의 자신에 대한 태도가 지나치게 경직되고 비협조적이라고 느꼈다. 하루는 리나가 수업 때 써야 할 교재를 살펴보기 위해 교재실에 갔다. 그랬더니 한 스태프가 따라 들어와서 리나에게 물었다.

〈지금 뭐하세요?〉

강사가 교재를 살펴보는 것은 당연한 것인데도 그런

질문을 하는 스태프의 태도가 부자연스럽다고 리나는
느꼈다.

한국인 강사들 중 원장의 최측근인 여자 강사 Y는
이 학원의 일을 파악하고 수업을 시작해야 하는 리나
에게 필요한 협력들을 거부했다. 리나가 학원의 커리
큘럼에 대해 한 가지 질문을 하자 손을 내저으며 대답
을 안 하기도 했다. 이뿐 아니라 그녀의 배타적인 태도
는 심했다. 리나는 뭔가 이상하다고 느끼기 시작했다.
이런 상황이 힘들었지만 이미 맡은 수업을 진행해 나
갔다.

리나가 인사를 해도 화답을 꺼리는 다른 강사들도
있었다. 모든 게 정상적이지 못했다. 이 일에 대해 추
원장이 뭔가를 알고 있을 거란 생각이 들었다. 그래서
가르치는 시간 사이에 시간이 날 때 원장실을 찾아갔
다.

추 원장은 찾아온 리나를 팔짱을 낀 채 야릇한 표정

울지 않겠다고 결심한 날

으로 맞았다. 리나는 이 일을 어떻게 설명해야 할지 생각하면서 좀 망설였다. 그 순간 원장은 네가 뭔가를 알았구나 하는 듯한 표정을 지으며 얼굴을 일그러뜨리면서 뭐라고 중얼거렸다. 그제야 리나는 이 문제들이 원장에게서 비롯되었다는 사실을 알았다. 학원에 들어온 이후 지금까지 누구와도, 일에 있어서도 아무 문제도 없었는데 원장이 비상식적인 행동을 했다는 것은 의아한 일이었다. 그렇지만 오해가 있었고 그것이 풀린다면 다행이라 여겼다. 원장이 스스로 변명하기 꺼끄러워 한다면 굳이 캐묻고 싶지는 않았다.

리나는 원장에게 숨기는 것이 아무것도 없었다. 면접할 때 이 도시에 오래 있지 못할지도 모른다는 얘기만 하지 않았다. 그랬다간 채용해주지 않을 것이 염려되었기 때문이다. 그건 좀 미안한 일이긴 했지만 리나가 경험한 바로는 학원가에서는 단기적으로 일하는 사람들이 흔했다.

그날 저녁에 일을 마치자 긴장한 표정의 추 원장

이 갑자기 단체로 호프집에 가자고 했다. 바로 며칠 전에 회식이 있었는데 이상한 일이었다. 별 생각 없이 따라갔다. 호프집에서 원장은 바로 리나 앞자리에 앉아서 이런저런 얘기를 했다. 얼마 전 있었다던 학원의 분란에 대한 얘기도 잠시 나왔다. 원장은 리나가 그 일에 대해 원어민 강사들로부터 뭐라도 들었다고 생각하는 것 같았다. 변명이라도 하듯이 그 사건 때 나가버린 강사들 중 하나는 학부모에게 학생의 개인교습을 권했고 그래서 해고했다고 했다. 그러면서 시선을 피하며 〈나도 다 잘한 건 아니지만〉이라고 중얼거렸다. 리나는 강사들과의 분란에 원장도 책임 있는 행동을 했구나 싶었지만 크게 관심을 가지지는 않았다.

맥주를 마시면서 추 원장이 묻는 이런저런 질문에 대답을 했다. 원장은 리나가 이미 아는 것이 무엇인지 파악하고 싶어 했다. 그리고 리나가 이에 대해 생각보다 아는 것이 많지 않다는 사실에 안도하는 것 같기도 했다. 원장은 더불어 리나의 미래 계획에 관심이 많은 것 같았다. 그때 리나에게 특별한 미래 계획은 있지도 않았다. 무얼 하면 좋을까 몇 가지를 생각하고 있을 뿐이었다. 그러다 리나가 영어로 한마디를 했다. 영어 학원에 고용된 사람으로서 원장에게 해서 나쁠 건 없는 솔직한 이야기였다.

〈I love English because it connects people to people. 나는 영어를 좋아해요. 왜냐하면 사람과 사람을 이어주니까요.〉

그 순간 추 원장은 몹시 불편한 표정을 지으며 고개를 돌렸다. 리나는 무엇이 문제인지 알 수가 없었다. 영어 강사가 영어를 좋아한다는 말이 왜 원장의 심기를 그토록 불편하게 하는지 이해할 수 없었다. 영국인 동료 하나가 옆자리에서 두 사람의 대화를 듣고 있었다. 그렇지만 대부분의 대화는 한국말로 이루어졌기 때문에 그는 무슨 내용인지 알 수는 없었다. 그러나 리나가 영어로 이 말을 했을 때 얼굴을 찌푸리는 원장의 표정을 그도 리나만큼이나 유심히 바라보고 있었다.

다음 날 출근하니 여자 강사 Y가 리나를 보며 히죽거렸다. 리나는 어젯밤 원장은 자신이 몹시 마음에 들지 않았구나 싶었고 그녀도 그것을 아나보다 싶었다. 원장이 곧 자신을 해고하려 할지 모른다는 생각도 들었다. 나중에 그 영국인 동료를 통해 그게 사실이었다는 것을 알았다.

그날 오후였다. 강사실에 있는데 저쪽 편에 앉아 있던 호주 출신의 원어민 남자 강사 하나가 리나를 불렀다. 그는 공용 컴퓨터 앞에 앉아 있었는데 리나에게 작업을 도와달라고 했다. 그는 리나에게 의자를 양보하지 않았기 때문에 리나는 불편한 자세로 모니터를 들여다보았다. 리나가 평소 쓰지 않는 영문판 프로그램이어서 도움을 줄 수 없었다. 무슨 이유인지 긴장한 채로 굳은 인상을 쓰고 있는 그 사람의 표정에서 리나는 좋지 않은 기분을 느끼면서 곧바로 자리를 떴다.

그 다음 날이었다. 학원에 한바탕 소요가 일었다. 하여간 이 학원은 리나가 떠나는 마지막까지 늘 들썩들

썩했고 그날도 그랬다. 강사실에서 미국인 강사 하나가
잔뜩 흥분한 채 한국인 여자 강사 둘을 향해 손가락질
을 하며 크게 소리를 질렀다.

〈이건 다 너희들 때문이야. 너! 너!〉

그는 큰소리를 지르며 화를 냈다. 여자 강사 Y, Z 둘
은 눈에 띄게 초조해하고 불안해하며 리나의 눈치를
살폈다. 다른 원어민 강사 몇몇도 평범한 기색이 아니
었다.

리나는 그들이 결국 자신에게 좋지 않은 일을 벌였
구나 싶었다. 원장도 당혹스러워하는 것 같았다. 서로
책임공방을 하며 다툼이 벌어지는 것 같기도 했다. 여
기저기서 영어와 한국어로 이런 말들이 들렸다.

〈네가 분명히 그렇게 말했잖아!〉

〈문제가 생기면 네 책임이야!〉

〈내가 그런 건 아냐!〉

　그들은 원장실과 강사실을 왔다갔다 하며 쑥덕거림
과 다툼을 계속했다. 음모와 비밀이 넘치는 곳이었다.
있을 곳이 안 되는구나 하는 생각이 들었다. 자신이 들
어온 직후 원장이 어떤 거짓말을 하며 강사와 직원들
에게 부당한 명령을 내렸을 거란 생각이 들었다. 후에
누군가의 입을 통해 그것이 'watch(감시하라)'라는 명
령이었다는 것을 알았다. 그 명령으로 인해 리나는 처
음부터 영문도 모른 채 차별된 셈이었다. 하지만 이날
의 소란 이후 원장은 뭔가 단단히 켕기는 듯 태도를 바
꾸어 리나에게 친절한 듯한 태도를 잠시 보이기도 했
다. 원장부터 일부 강사들까지 평범하지 못한 사람들이
라는 생각이 들었다. 이전에 벌어졌다는 분란도 이래서
인가 하는 생각도 들었다. 집단의 음모에 말려들 것 없
이 조용히 나가고 싶었다.

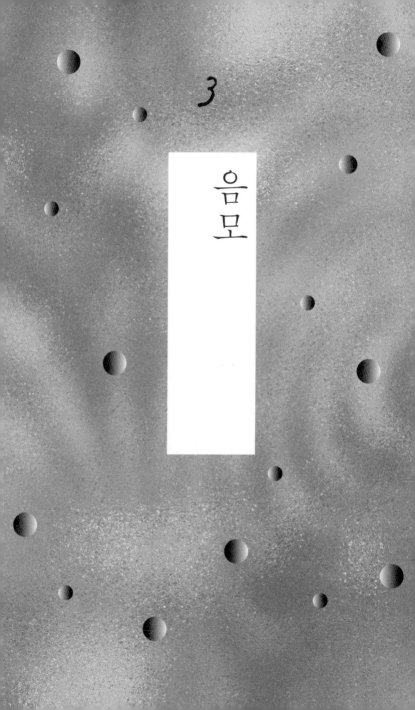

3

음
모

3. 음모

추 원장에게 그만두겠다고 말해야겠다고 마음먹었
다. 그러던 며칠 뒤였다. 복도에서 마주친 추 원장이 리
나에게 넌지시 말했다.

〈내가 꼭 개인 교습을 하지 말라고 하는 건 아니야.
그런데 피곤해하더라고. 학원 일 외에 교습을 하니까
그렇겠지. 그래서 그런 거지 뭐 꼭 그게 문제라는 건 아
니야.〉

자기가 개인 교습을 막는 건 아니라는 얘기였다. 뜬금없는 얘기라 그냥 흘려들었다. 바로 얼마 뒤 여자 강사 Y가 큰 키로 우뚝 서서 어떤 학생의 어머니와 상담을 하라고 했다. 말끝에 야릇한 웃음을 지으며 이렇게 덧붙였다.

〈한번 잘해보세요.〉

곧 그 학생 어머니를 상담실에서 만났다. 그 부인은 현재 아이의 영어 학습에 대한 염려를 많이 얘기했다. 리나는 이 학원의 강사 된 입장으로 당연히 학원 커리큘럼에 따라 성실히 공부를 하면 잘될 수 있다고 말했다. 그렇지만 부인은 비슷한 말을 반복했다. 리나도 처음에는 여러 각도로 설명하다가 결국 비슷한 대답을 반복할 수밖에 없었다. 어색하고 이상한 시간이 잠시 흘렀다. 부인은 자신이 바라는 것을 듣지 못한다는 듯 초조한 기색마저 보였다.

어느 순간 리나는 이 부인이 어떤 말이 자신의 입에

　　　　　　　　　　　　　울지 않겠다고 결심한 날

서 나오기를 기다리고 있다는 사실을 알았다. 그건 〈정
그러시면 따로 개인 교습을 받으시겠어요?〉였다.

리나가 그 학원에 들어가기 직전 근무했다던 한 실
력 있는 여자 강사에 대한 이야기가 떠올랐다. 원장이
그에게 뭔가 좋지 않은 일을 했고, 그 전후로 원장의 측
근인 강사 Y가 그를 괴롭히다 싸움이 났고, 곧 그 여자
강사는 학부모에게 개인 교습을 권했다는 오명을 쓰고
원장에게 해고당한 것이 리나가 아는 것이었다. 이런
얘기들은 리나 자리 근처의 강사들에게 조금씩 들어서
알고 있었다.

함정이었다. 그 여자 강사도 여기에 걸려들었겠구나
싶었다. 이 어머니는 Y와 원장이 심어놓은 사람이었다.
잘 짜인 각본이었다. 이들이 일하는 방식이었다. 리나
는 소름이 끼쳤다. 자신이 어떤 사람들 속에 들어와 있
는지가 분명해졌다. 그리고 이 일은 앞으로 그들이 벌
일 일들 중 아주 작은 것에 불과했다.

이 일은 작은 음모였지만 그들이 어떤 사람들인지를 의미하는 바는 컸다. 목적을 위해서라면 무슨 짓이라도 하는 사람들이었다. 플롯을 짜고, 역할을 분담하고, 설정하고 실행하는 조직적 범죄와도 같은 행위에 거리낌이 없었다. 또한 그들은 자기 뜻대로 사람들을 이용하고 조종할 수 있다고 믿는 사람들이었다.

이 일이 보여주는 것이 또 하나 있었다. 리나 자신이 그들의 새로운 타깃이라는 점을 확실히 알게 되었다. 원장이 리나에게 오명을 씌우려는 시도를 한다는 것은 이미 그녀 스스로 생각하기에도 좋지 않은 일을 저질렀다는 사실을 보여주고 있었다. 학원에 들어와서부터 그때까지 일련의 이상한 일들이 떠올랐다. 그들이 자신에게 매우 좋지 않은 짓, 어쩌면 불법성이 있을 수도 있을 짓을 저질렀다는 사실을 알았다. 원장이 리나 하나를 두고 학원 전체를 조종하려 했다는 것, 그와 동시에 여자 강사 둘과 그들이 끌어들인 다른 원어민 몇몇이 나쁜 짓을 벌였다는 사실이 분명해졌다.

얼마 전의 소란이 생각났다. 한국인 여자 강사 둘에게 크게 화를 내던 원어민 강사, 당황하는 듯한 다른 강사들과 그들의 다툼, 스산하고 긴장된 분위기, 이와 함께 그 전날 컴퓨터 앞에 앉아서 자신을 불렀던 호주인 남성의 부자연스러운 행동이 떠올랐다. 생각해보니 그 호주인은 그날뿐만 아니라 그 전과 후에도 아주 이상한 표정을 하고 리나 가까이 있거나 갑자기 다가와 악수를 청한 적도 있었다. 의도성이 있었다는 사실을 깨달았다. 그들이 남자를 끌어들였다는 사실은 그들이 성과 관련된 추잡한 짓을 벌였다는 직감이 들었다. 공포감이 밀려왔다.

그리고 이 일은 다른 것도 암시했다. 추 원장은 자신이 잘못을 저지르면 반드시 상대에게 오명이든 누명이든 올가미를 씌워 자신의 행위를 상쇄시키는 사람이었다. 실제로 이 일 이후에도 자기 음모가 실패하면 그 목적을 이루기 위해 더 큰 일을 저지르고, 그것이 부담으로 작용해서 더욱더 무서운 일을 벌이는 패턴을 반복했다. 그녀가 늘 그렇게 살아왔는지는 알 수 없지만 그

당시 리나가 경험한 추 원장은 스스로 그런 악의 고리를 선택한 사람이었다.

울지 않겠다고 결심한 날

4

그들의 부조리 코미디

4. 그들의 부조리 코미디

그들은 학생 어머니까지 동원했으나 리나에게 돈 욕심으로 학원에 들어온 강사라는 오명을 씌우는 데에는 실패했다. 당연히 그럴 수밖에 없었다. 리나는 자신을 고용해서 일할 기회를 준 곳의 이익에 해가 되는 일을 생각한 적은 한 번도 없었다. 불만이 있거나 맞지 않으면 깨끗이 마무리하고 떠나는 것이 전부였다.

원장은 원장대로, 여자 강사 둘은 그들대로 리나를 향한 나쁜 목적을 포기하지 않았다. 그들은 그들이 무

슨 일을 벌였는지 또 벌이고 있는지 리나가 다는 알지
못한다는 사실에 희망을 가지고 있는 것 같았다. 또 원
장과 특별한 관계의 집안 출신이라고 스스로를 소개한
체격이 큰 남자 강사 X도 역할을 하기 시작했다. 보란
듯이 크게 성호를 긋는 것을 보아 천주교인이었다. 그
가 천주교인이라는 사실은 훗날 리나가 겪게 된 일들
과 중요한 관련이 있었다.

그 젊은 남자는 호프집 회식에서 컴컴한 방의 구석
자리가 안 그래도 불편하던 중에 갑자기 동영상을 찍
어 리나를 당황하게 했던 사람이었다. 리나는 그런 으
슥한 공간에서 사진이든 동영상이든 찍히는 것이 싫었
다. 그런 곳에 앉아 있는 것도 싫었다. 리나 자신도 그
이유를 진지하게 생각해 보지는 않았다.

갈수록 그는 원장을 위해 리나의 앞뒤에서 파렴치한
짓을 벌였다. 처음에 그는 리나를 걸신들린 사람으로
보이게 하고 싶었는지 뭘 먹으라고 반복해서 요구하기
도 했는데 그럴 때면 곧 다른 이들이 들이닥쳐 지켜보

울지 않겠다고 결심한 날

았다.

한번은 강사실에 컵라면과 김밥 등을 들고 들어와서
는 리나에게 함께 먹자며 불렀다. 리나는 별로 내키지
않았지만 자신에게 동료로서의 마음을 가지려하는 것
인가 하는 생각에 일어나 갔다.

〈많이 드세요. 더 드세요.〉

〈쭉 들이키세요.〉

지나칠 정도로 먹기를 권하는 그의 태도가 불편하던
중에 주변에서 유심히 지켜보고 있는 사람이 있다는
것을 알았다. 잠시 후 원장과 다른 강사들도 들이닥쳐
서는 쳐다보았다. 역시 짜인 각본이었다. 리나는 비애
를 느꼈다. 이후에 그는 더 대담하고 치밀한 일들을 벌
였다.

초기에 리나는 강사들이 자신을 제대로 안다면 혹시

저러지 않지 않을까 싶은 마음도 있었다. 그래서 동료
로서 대해주려고 했으나 그들은 스스로와 원장의 이익
을 위해 돌아갈 수 없는 강을 건넜다고 판단한 것 같았
다. 어차피 쏟은 물, 최대한 자기들에게 유리한 쪽으로
일을 꾸미려 들었다. 리나는 그 점이 더없이 슬프게 느
껴졌다.

원장은 영어 학원 원장으로서 좋은 학력을 가진 사
람이었다. 들어보니 지방 도시 수준으로는 상당한 재력
을 가진 사람이기도 했다. 중년이라 해도 많지 않은 나
이에 규모 있는 학원을 세운 것도 그래서 가능한 것 같
았다. 게다가 지방 도시의 폐쇄성은 그녀와 같은 사람
이 세력을 펼치기에 알맞았다. 사람들은 이 사실을 알
고 있었고 그중에는 그녀에게 잘 보이려 하는 자들도
있었다. Y, Z도 마찬가지였다.

또한 원어민이 많은 학원에 영어를 제대로 하는 한
국인들은 적었고 원장은 자신이 영어가 능숙하다는 점
과 고용된 사람들 사이에 의사소통은 자유롭지 못하

다는 점을 이용해 사람들을 기만하려 했다. 자신이 거짓말을 하거나 부당한 명령을 내려도 구성원들 모두가 그 일에 대해 제대로 파악하기 어렵다는 사실을 잘 알고 있었다. 이런 모든 점들이 그녀로 하여금 도를 넘는 권력을 휘두를 수 있다는 자신감을 갖게 했다. 그러니 새로 들어온 강사인 리나를 감시하라는 명령을 태연하게 내릴 정도였다. 그것도 거짓말을 이유로 대면서 말이다. 리나는 원장에게 잘못한 것이 아무것도 없었다. 리나가 본 그녀는 단순한 학원 원장이 아니라 상당한 권력욕을 가진 사람이었고 거기에 병적인 의심과 편집광적 성향이 강한 사람이었다.

강사 Y는 그 학원에서는 꽤 오래 일해 왔고 원장이 무슨 일을 벌이든 수족처럼 따르며 때로 알아서 원장의 심기를 맞춰주는 사람이었다. 원장이 껄끄러워하는 사람이 있으면 앞장서서 물어뜯는 역할을 했다. 운 없게도 이번엔 리나가 걸렸다. 그녀는 그런 행동에 어떤 망설임이나 부끄러움도 느끼지 못하는 사람이었다. 그렇게 해서 원장의 최측근 자리를 지키며 나름의 권세를 누리려는 사람이었다.

한번은 호출을 받고 원장실에 간 적이 있었다. 원장
은 야릇하게 상기된 표정으로 앉아 있었고 그 옆에는 Y
가 거만한 표정으로 팔짱을 낀 채 앉아 있었다. 원장은
말없이 구경하듯 지켜보기만 했고 동료에게 하기 어려
운 어리석고 무례한 말은 Y의 입에서 나왔다. 그때 살
면서 처음으로 리나는 소설 작품 속의 '누군가의 개'로
묘사되는 인물을 현실에서 보는 듯한 느낌이 들었다.
리나는 Y의 말에 아무 대답도 하지 않았다. 무례한 질
문에 대답하고 싶지 않았고 원장과의 짧은 대화 후 방
을 나왔다.

늘 초조해하던 원장은 뭔가로 인해 좀 자신감을 얻
은 듯 보였다. 리나는 어쩌면 그들이 호프집에서 사진
기 앞에서 고개를 숙이는 자신을 찍은 모습을 발견하
고 그걸 새로운 변명거리로 삼고 있는지도 모른다는
생각이 들었다. 이 외에는 그들이 뻔뻔스럽게 나올 만
한 다른 거리가 생각나지 않았다.

울지 않겠다고 결심한 날

Y는 리나의 모든 행동과 말에 트집을 잡으려 하고 있었다. 리나는 그녀의 끝 간 데 없는 행패에 놀라고 두려운 동시에 그 기준을 Y 자신한테 적용한다면 안 됐지만 정말 최악의 결과를 마주칠 텐데 하는 씁쓸한 생각이 들었다. 영어 강사 경력이 상당히 되는 Y는 회화는 꽤 잘 하는 편이었지만 리나가 보기에도 문법적 실수들이 잦았고, 간단한 테스트지를 오류 있게 만드는 등 업무 처리에도 문제가 있었다. 하지만 리나는 그런 것들을 지적하고 싶지는 않았고 지적하지도 않았다.

또한 Y는 나쁜 목적을 위해 다른 사람들을 선동하고 조종하는 데도 익숙한 듯 보였다. 부정적인 암시를 준 후 수시로 〈자세히 봐, 한번 그렇게 해봐, 말 시켜봐.〉 하며 다른 이들을 부추기는 듯했다. 다른 이들의 자연스럽지 못한 행동에는 그녀의 목소리가 배어 나오는 듯 보이기도 했다. 그녀는 자기편이 아닌 나머지 사람들의 마음을 돌리기 위해 몸부림쳤다.

Y의 행동은 실소를 참을 수 없을 때도 있었다. 리나

는 옆자리의 영국인 동료가 말을 할 때 그의 영국 악센트가 섞인 말을 간간히 놓치곤 했다. 그래서 그에게 이렇게 말한 적이 있었다.

〈네가 빨리 말하면 난 알아들을 수가 없어.〉

그 말을 엿들은 Y는 리나가 빨리 말하면 못 알아듣는 사람이라며 파트타임 한국인 강사에게 리나에게 한국말을 빨리 말해보라며 시키기도 했다. 코미디 같았다. Y는 매사가 이런 식이었다. 리나는 무슨 말을 하기도 두려워졌다.

강사 Z는 Y보다 약간 어린 젊은 여자였다. 그는 적의를 감추지 못하는 Y와는 달리 리나 앞에서는 그렇게 거칠지 않았지만, 뒤에서는 Y 못지않은 무서운 짓을 벌이고 있었다. 그녀는 틈만 나면 원어민들에게 리나의 험담을 했는데 하도 열심히 하다 보니 리나가 바로 옆에 있는 것도 잊고 황당한 소리를 늘어놓고 있기도 했다. 또한 그녀는 자신들의 저열한 행위를 리나가 눈치

채지 못하도록 다른 이들에게 표정 관리를 시킬 정도로 교활했다.

무슨 이유인지 그녀는 컴퓨터를 쓰고 있는 리나를 보고 눈에 띄지 않는 곳에 가서 작업을 하라는 이상한 요구를 하기도 했다. 아마도 리나를 컴퓨터도 다룰 줄 모르는 사람으로 비추고 싶은 모양이었다. 그녀는 긴 머리를 어루만지며 이런 식의 뭔가를 항상 궁리하고 있었다.

Y, Z가 서로 궁리를 해서 한바탕 떠들고 나면 일부 외국인 강사들이 리나를 보는 시선은 묘해졌다. X는 영어 회화가 좋지 못해 다른 외국인 강사들을 획책할 만큼은 되지 못했다. 그러나 그는 원장의 관련인으로서 역할에 아주 충실했다. 그들 셋은 앞서 리나가 파악한 그들의 수법인 플롯 짜기, 역할 분담 및 설정을 내용과 규모만 바꾸어가면서 가지가지 추잡한 짓들을 실행하고 있었다. 어느새 모든 것이 부조리 코미디극처럼 되어가고 있었다.

그러던 어느 순간 리나는 원장과 Y, Z, X가 자신을 어떤 추악한 인물의 유형으로 만들기 위해 치밀하게 애쓰고 있다는 사실을 알았다. 걸신들린 사람 정도가 아니었다. 그들은 그렇게 해야 자신들이 이미 저지른 잘못에서 벗어날 수 있을 거라고 믿는 것 같았다. 리나는 정말로 위험한 지경에 빠졌다는 사실을 알 수밖에 없었다. 자신에게 어떻게든 오명을 씌우려고 하는 사람들이 둘러싸고 있는데 리나는 혼자였다. 리나가 겁을 먹고 당황해 할수록 그들은 토끼몰이를 하는 못된 아이들처럼 행위에 몰입했다. 일이 손에 잡히지 않았다. 그러자 어떤 이들은 출석부를 감추는 등 업무를 방해하는 사소한 장난도 빼놓지 않았다.

외국인 강사들 중에도 시작부터 음모에 적극적인 역할을 한 사람이 있는 것 같았다. 그 외에도 이미 원장과 Y, Z편에 넘어간 사람들이 있는 것 같았다. 그들 중에는 컴퓨터 앞에서 리나를 부른 호주인 남자처럼 처음부터 음모에 끌어들여진 사람들이 있었다. 그들 개개의 입장은 정확히 알 수 없었지만 어차피 개입된 것이라면 고립되고 약한 리나보다 원장 편을 드는 것이 유리하다고 판단하는 사람들도 있는 것 같았다. 그렇지 않은 외국인 강사들도 있었지만 리나 자신이 겪고 있는 일에 대해 자세히 대화를 하기도 어려웠다. 리나의 영어 말하기가 능숙하지도 못했고, 불편하고 불확실한 자신의 일로 그들을 부담스럽게 만들고 싶지 않은 점도 있었다.

그들 대부분은 원장과의 계약에 의지해 한국에 와서 원장이 제공한 숙소에 살며 임금을 받는 사람들이었다. 리나는 이곳에서 나가버리면 그만일지 몰라도 그들은 계약기간만큼은 계속 머물러야 하는 입장이었다. 이런 중에 원장과 Y, Z, X는 그들의 행태를 미심쩍게 바라보는 외국인 강사 몇 명과 회유하면 자신들이 유리할 것이라 판단한 것 같았다. 강사실 밖의 홀에는 스태프들이 있기도 했지만 그들은 영어도 거의 못했고 강사들 사이의 일을 제대로 알 수는 없었다. 당연히 그들 또한 원장이 주는 월급에 의지해 사는 사람들이었다. 파트타임으로 가끔 오는 어린 한국인 강사들도 무슨 일이 벌어지는지 잘 모르는 것 같았다.

한편 그들은 리나가 그들의 무도한 짓거리에 대항할
능력이 있는지를 열심히 가늠하고 있었다. 리나의 휴대
폰이 울리기만 해도 불안해하면서 누구와 연락을 하는
지, 가까운 사람들이 있는지를 살피려 했다.

이외에도 미심쩍은 일이 있었다. 리나가 밤에 집에
서 오랜만에 친구 한 명과 긴 전화 통화를 하고 난 다
음 날 강사 Z가 리나에게 이런 말을 했다.

〈친구는 한 명 정도밖에 없나 보군요.〉

리나는 그때는 신경 쓰지 않았으나 이후에 생각해보
니 이상한 일이었다. 어쩌면 그들은 그때부터 이미 불
법적인 수단을 동원하고 있었는지도 모를 일이었다. 연
고가 없는 낯선 지역에서 성당을 다니며 조용히 지내
느라 원래의 지인들과 연락이 뜸해진 것은 사실이었다.

원장과 Y, Z, X들의 악성 위에 다른 무언가가 그들에게 힘을 불어넣고 있었다. 그들은 그것들을 빠짐없이 활용하려 들었다. 그것들은 외부의 것일 수도 있었다. 외부의 것, 무엇일까? 리나는 종잡기 어려우면서도 큰 불안감에 빠졌다. 풍문이나 인터넷을 통한 악성 루머가 원인일 수도 있겠다 싶었다. 무슨 짓을 더 하고 싶었는지 Y와 Z는 어느 날 카메라를 가져와서 리나를 찍어대기도 했다.

그런 인간들의 망동을 지켜보며 충격을 받으니 곧바로 출근을 말았어야 했다. 그러나 참 어리석게도 아니면 순진하게도 리나는 자신이 맡은 수업을 인수해줄 후임자가 올 때까지는 참아야 한다고 생각했다. 그런 사람들에 둘러싸여서 수업을 진행하는 것은 갈수록 힘들었지만 아이들과는 웃으며 스태프가 찍어주는 단체 사진들을 찍기도 했다. 아이들에게 지친 모습을 보이고 싶지는 않았다. 그렇지만 마지막 날에는 그것도 뜻대로 되지 못하고 아픈 모습을 보였던 것 같다.

그러던 어느 즈음이었다. 다닌 지 두 달이 못되어 후임자가 오고 학원을 그만두기 얼마 전이었다. 그들의 공격이 잠시 멈추었다. 강사 Z가 비아냥거렸다.

〈조금만 기다려봐요.〉

원장도 비슷한 태도였다. 뭔가를 기다려왔고 확실한 것을 곧 손에 쥔다는 자신감을 보였다. 그것이 무엇이었을까? 곧 또 한 번의 소요가 학원에 일었다.

원장은 큰 낭패라는 듯이 흑빛이 된 일그러진 얼굴로 리나를 쳐다보았다. 강사 Y, Z는 실망한 듯 '칫, 흥' 거리기 바빴다. 리나는 그것이 자신의 영어 말하기와 관련된 것일지도 모른다는 생각을 했다. 리나는 처음부터 그들이 자신의 말하기에 과도한 관심을 갖는다는 것을 알고 있었다. 초기에 어떤 강사들은 리나에게 해외에서의 체류 경험을 반복해서 물었다. 리나는 짧은 여행을 제외하면 대학 시절 잠시 영국에 몇 달 머문 경험이 다였고 그렇게 말해주었다.

혹시 그들은 리나가 외국에서 자랐거나 해외에 오래 있기라고 했다고 생각했던 것일까? 그렇다면 원장이 손에 넣은 것은 출입국 관리기록 같은 것이었을까? 그러나 그런 것을 일반인이 어떻게 손에 넣는단 말인가. 만일 그랬다면 원장은 또 다른 불법적인 일을 저지른 셈이었고 스스로 자신의 편집광성을 증명한 것이었다. 원장은 평범한 학원 선생이었던 리나를 감시하고 의심하는 것을 시작부터 끝까지 멈추지 못했다.

그때 원장이 손에 넣은 것이 무엇이었는지 리나는 정확히 알 수 없었다. 그러나 그때 원장은 또다시 무리한 시도를 했으나 그것이 자신의 바람대로 되지 않았고 그것이 그녀와 측근들이 더욱 극단적으로 행동하게 된 계기가 되었다고 생각했다.

원장은 처음 리나에 대한 자신의 부당한 명령 이후 리나를 상대로 한 성범죄나 다름없는 일이 자신의 학원에서 벌어지자 어떻게든 자신에게 유리한 방향으로 처리하기 위해 수단과 방법을 가리지 않았다. 그것은 그 일과 관련된 나머지 강사들도 마찬가지였다.

5

영국인 동료 앤드류

5. 영국인 동료 앤드류

　강사실에서 리나가 배정받은 자리 바로 오른편에는
한 영국인 청년 앤드류(Andrew)가 있었다. 그는 한국
에서 영어 강사 생활을 하며 동양의 작은 나라에서 새
로운 체험을 하고 있었다. 왼편에는 어떤 키 큰 미국인
청년이 있었는데 그와는 자리가 어느 정도 떨어져 있
었다.

　그 학원에서 보낸 짧은 시기 동안 옆 자리의 그 영국
인과 어느 정도 대화를 나눌 수 있었다. 리나의 부족한

회화 실력에 비하면 꽤 많은 이야기를 했다. 이해력과 주의력이 좋은 사람이라 이야기하기가 편했다. 학원에서 벌어지고 있는 일들이 심각하다는 것을 느끼기 전까지는 영어로 아무 주제에 대해서나 이런저런 얘기를 해보는 것이 재미있었다. 유치한 수준의 영어 구사를 인내심 있게 들어주는 그가 리나는 고맙게 느껴졌다.

리나가 앤드류에게 처음에 건넨 말들은 〈You are tall. 키가 크군요.〉과 같은 간단한 것들이었다. 그는 언젠가 원래 컴퓨터 그래픽 관련 일을 했다고 리나에게 얘기했는데 리나는 그가 다른 일을 한 경험이 있을지도 모른다고 느꼈다. 그가 한번은 손바닥을 수직으로 세우며 리나에게 이렇게 말했다.

〈You should be independent. 너는 독립적이 되어야 해. It won't be easy. 쉽지는 않을 거야.〉

리나는 앤드류가 자신의 어떤 점을 보고 그런 얘기를 하는 건지 잘 이해할 수 없었다. 리나 스스로 자신이

울지 않겠다고 결심한 날

독립성이 부족하다고 생각한 적은 별로 없었기 때문이다. 리나는 고등학교 졸업 후 집을 떠나 살았고 무슨 일이건 남의 도움 없이 가능한 혼자서 처리하는 편이었기에 스스로를 그런 점이 부족하다고 생각하지는 못했다. 오히려 또래 여자 친구들보다 더 독립적으로 살지 않았나 싶기도 했다. 하지만 앤드류의 그런 말은 가볍게 넘기기가 어려웠다.

그 학원에서 리나가 처한 곤경에 관해서 그와 자세한 얘기는 나누지 않았다. 그도 그런 부분에 대해 구체적으로 말하고 싶어 하는 것 같지 않았다. 좋은 사람이라 해도 민감하고 어려운 문제에 개입하는 것은 싫어하는 정도로 이해했다. 그리고 그 사람조차도 입 밖에 꺼내기 어려운 것이라는 건 자신이 얼마나 안 좋은 처지에 처해 있는지를 스스로 깨닫게 해주는 것이기도 했다.

어느 날 앤드류는 걱정스러운 표정으로 리나에게 한국어가 프린트된 봉투 한 장을 내밀었다. 거기에는 지방검찰청의 주소가 쓰여 있었다.

〈리나, 여기 뭐라고 쓰여 있는 거지? 여기가 뭘 하는
곳이지?〉

리나는 앤드류에게 그것을 영어로 설명해주었다. 앤
드류는 그것을 통해 리나에게 뭔가를 말하고 싶어 했다.
리나는 그가 그것을 자신에게 단순히 어떤 의미인지를
묻기 위해 보여준 것이 아니라는 느낌이 들었다. 리나에
게 어떤 경고를 주고 싶어 하는 것 같기도 했다.

그날도 Y, Z와 그들 편인 사람들은 어떤 결과를 기
대하고 있었고 곧 실망하는 눈치였다. 하지만 리나가
검찰이든 경찰이든 두려워할 필요는 없었다. 리나는 용
의자도 탈주자도 아니었다. 구치소에 간 적이 있고 재
판을 받은 적이 있다는 사실이 여기서 문제가 될 수는
없었다. 집행유예기간도 지나간 상태였다. 그런데 그런
일들이 어떻게 지금 관련이 되고 있는지 이상했고 리
나는 불안감이 커져갔다.

울지 않겠다고 결심한 날

앤드류는 언젠가는 가수가 되고 싶은 생각도 있다고 했다. 학원 회식 때 그가 노래 부르는 것을 들었는데 가창력이 대단하지는 않았지만 순수한 음성이 듣기 좋았다. 그는 한국이라는 낯선 나라에서의 생활을 즐기며 잘 생활하고 있는 듯했다. 쉬는 날이면 춤을 추러 간다고 했다. 리나는 밝고 순수해 보이는 앤드류와 친구가 되었으면 좋겠다는 생각도 들었지만 지금 자신이 처한 상황은 너무 좋지 않았다. 사실 그 이전까지도 리나의 삶은 거의 늘 불안정하긴 했다.

학원을 떠날 무렵 앤드류에게 한국을 기억할 만한 물건을 선물로 주고 싶었다. 그래서 칠보 장식의 전통 숟가락과 젓가락을 선물로 주었다. 쉽게 휘어질 테니 조심하는 말을 덧붙였는데 '휘어진다'는 표현을 영어로 찾지 못해 동작으로 표현했더니 그가 영어표현을 가르쳐주었다. 리나와 앤드류는 그렇게 동작까지 섞어가며 대화를 해야 했다. 그렇게 해도 때때로 리나는 자신이 말하기 원하는 것을 알맞게 표현할 수가 없었고 몹시 답답했다. 이렇게 불완전한 의사소통 중에서도 앤드류는 대체로 리나를 이해하는 것 같았다.

그렇지만 이후 세상을 살아 갈수록 불안해하고 예민해지는 리나에게 이전에 그가 건넨 말이 있었다.

〈우리는 다른 사람의 마음을 어떻게 하지 못해. 절대로, 절대로.〉

리나는 그가 보기에 자신이 다른 사람들의 말과 행동에 지나치게 신경을 쓰는 것 같아 보이나 보다 싶었다. 어느 정도는 사실이었다. 하지만 지금 이 학원에서 일어나고 있는 일들은 신경을 쓰지 않을 수 없을 정도로 위협적이었다. 그렇지만 이후 세상을 살아 갈수록 이 말이 맞다는 생각이 들었다. 자기를 보는 다른 사람들의 속까지 일일이 걱정하며 산다는 건 어리석고 불필요한 일이었다.

어느 날 앤드류에게 리나는 자신이 곧 이 학원을 그만둘 것이라고 말했다. 그러자 앤드류가 서툰 한국말로 〈안녕히 가세요.〉라고 말하며 목례를 했다. 그 모습을 본 리나는 왠지 마음이 아팠고 자신의 처지 또한 슬펐다. 그 직후 들어간 교실 수업에서 리나는 눈물을 흘리고 말았다. 왜 우는지 궁금해 하는 아이들에게 제발 떠들지 말라고 했다. 그 후 강사실로 돌아오자 몇몇 한국인 외국인 강사들은 리나를 보고 깔깔거리고 웃었다. 누군가는 이렇게 말하며 비웃었다.

〈애들이 떠들어서 울었다는군.〉

그들은 리나를 감시하고 있었다. 이 들썩거리는 학원의 중심에 자신이 있다는 사실을 분명히 알게 되었다. 많은 이들이 자신을 주목하고 있었다. 몹시 피곤하고 불편한 일이었다. 어느 하루는 이렇게 외치고 싶을 정도였다.

〈I'm not an animal to be watched. Why don't you ask me what you want to know? 나는 구경 당하는 동물이 아니야. 알기 원하는 것을 내게 묻지 그

69

러니?〉

    그냥 탁 터놓고 얘기하면 좋을 것 같았다. 그렇지만 그러지 못했다. 많은 원어민들과 영어로 대화하는 것이 자신도 없었거니와 많은 것들이 리나를 무겁게 내리누르고 있었다.

    충격적인 무언가가 수면 위로 떠오르고 있었기 때문이다. 서서히 분명해지는 것이 있었다.

    '이 사람들은 왜 이런 짓을 하는 걸까? 왜 나를 이상한 사람으로 만들지 못해서 안달을 하는 걸까? 그럴 수 있을 만한 최초의 단서는 어디서 나왔을까?'

    앤드류가 초반의 어느 날 강하게 얘기한 말 한마디가 귓가에 울리고 있었다.

    〈너는 바른 말을 사람에게 못 하는 것 같아.〉

                울지 않겠다고 결심한 날

자신이 누구에게 하지 말아야 할 말을 했다는 것일까? 그림의 윤곽이 그려지고 있었다. 여기서 일어나는 일들이 암시하는 것들의 꼬인 실타래를 따라 올라가면 나오는 게 있었다. 설마… 이 신부님이 제일 먼저 떠올랐다. 성당의 몇몇 사람들도 떠올랐다. 어지러웠다.

그러다 어느 순간부터 리나는 강사들 몇몇이 자신의 손이나 발을 무언가 확인하듯 쳐다볼 때가 있다는 것을 느끼고 있었다. 왜 저러는 건지 알 수 없었지만 그런 일이 반복되자 막연한 두려움 속에 떠오르는 한 징그러운 남자가 있었다. 해괴한 망상으로 머릿속이 가득 차 있던 사람이었다. 그 사람에게 시달린 끔찍한 시간들이 있었다.

〈손, 발이 작은 편이군.〉, 〈반지 사이즈가 큰 편인데.〉 언젠가 그가 리나에게 이렇게 말했었다. 실제로 자랄 때 손톱을 물어뜯고 손마디를 꺾는 버릇이 있었던 리나는 손이 작고 손마디가 가늘지 않았다. 발은 키에 비해 작지 않았지만 그 남자는 그렇게 말했었다.

진짜로 그 사람까지 끼어들었는지는 모를 일이었다. 이 외에도 지금 일어나고 있는 일들에 대한 자신의 추정들이 맞는지 틀린지 알 수 없었다. 그러나 존재할지 모르는 악성 루머 안에 그의 존재까지 감지되자 리나의 머릿속은 갈수록 복잡해졌다. 그 남자는 리나를 상습적으로 협박하다가 체포된 이후 리나에 대해 큰 앙심을 품고 있었다. 마지막 시기의 협박과 모욕은 인터넷을 통해 이루어졌고 그는 인터넷을 사용해서 리나를 괴롭히는 데 능숙했다. 그가 언젠가는 인터넷 같은 것을 통해 다시 리나를 괴롭히려 들 것이라는 생각은 어렵지 않았다.

학원에서 벌어지는 일들로 어지러움을 느낄 정도로 힘들었던 어느 날 이 신부님께 전화해야겠다고 마음먹었다. 신부님은 분명히 뭔가를 알고 있을 것이고 자신을 도와줄 수 있는 사람도 신부님밖에 없다고 생각했다. 적어도 지금 자신에게 무슨 일이 일어나는지를 말해야겠다는 생각이 들었다. 견진성사를 받은 다음 해 성당 일로 몇 차례 간단한 통화는 한 적이 있었기 때문

울지 않겠다고 결심한 날

에 전화번호를 알고 있었다.

전화벨이 울리고 신부님이 전화를 받았다. 리나가
터져 나오듯 말했다.

〈신부님, 너무 힘들어요.〉

신부님은 대답 없이 곧바로 전화를 끊었다. 리나는
말할 수 없는 절망을 느꼈다.

언젠가 그 영국인과 대화했을 때 그가 자신에게 말
한 것이 있었다.

〈Past is past. We move on. We move on
somewhere else. 과거는 과거야. 우리는 옮겨 가지.
다른 어떤 곳으로 옮겨 가.〉

이 말은 고해가 누설되었다는 것을 분명히 의미했
다. 그 외에는 그 논리적인 영국인이 두서없이 이런 말을 건넬 리가 없었다.

이미 그 전에 고해가 누설되었다는 불안감을 가지고
있었고 그때부터 몸과 영혼이 서서히 얼어붙는 것 같
았다. 엄청난 수치심이 엄습했다. 학원의 소동 이후에
도 리나 앞에서 '과거'라는 말을 언급하는 사람들이 꽤
있었다. 그들 중 많은 수가 자신을 괴롭힐 의도는 없고
격려해주려 한다는 것은 알고 있었지만 그런 일들은
리나를 고통스럽게 했다.

리나는 성당의 고해소에서 고해를 했지 확성기에 대
고 얘기한 것이 아니었다. 그런데 그것이 마치 확성기
마냥 여기저기서 울리고 있었다. 믿을 수 없는 현실이
었다.

사실상 과거에 대해 리나가 두려워해야 할 것은 없
었다. 다 지난 일이고 완결된 일이었다. 단지 스스로가
감당하기 어려워할 뿐이었다.

울지 않겠다고 결심한 날

성당에서의 지난 일들이 떠올랐다.

6

개울가의
성당과 신부님

6. 개울가의 성당과 신부님

그 학원에서의 일이 벌어지기 2년 전 리나는 그 도시 외곽에 있는 작은 성당에 나가게 되었다. 이혼 후 도시 중심부에 살았지만 외곽에 새 아파트들이 들어서는 것을 보고 그곳으로 이사를 했다. 행정구역상으로는 다른 곳이었지만 그 도시 생활권이었다.

그곳은 한창 개발이 진행 중인 곳이었는데 한쪽에는 아파트 단지들이 들어서 있고 다른 쪽에는 논과 밭이 있는 옛날 마을이 남아 있었다. 성당은 옛날 마을이 있

는 곳의 개울가에 위치해 있었다. 늘 익숙했었던 도시
와 다른 풍경이었다.

이사를 마친 지 며칠 안 된 저녁, 리나는 쓸쓸하고
답답한 마음으로 그 성당을 처음으로 찾았다. 성당에서
기도를 하면 마음이 좀 나아지지 않을까 하는 생각이
었다. 가을 공기가 시원 했다. 뒷자리에 앉아 조용히 미
사를 지켜보았다. 미사가 끝나고 나오는데 검은 수단을
입은 신부님이 입구에서 나오는 신자들의 인사를 받고
있었다. 리나도 목례를 하려고 했는데 그 순간 신부님
이 고개를 뒤로 돌려 벽을 보았다. 리나는 약간 무안했
고 이상하다 여겼다.

그 이후에도 비슷한 일이 있었기 때문에 보통 체구
에 평범한 얼굴의 그 신부님에 대한 인상은 좋지 않았
다. 그렇지만 얼마 지나지 않아서 리나는 그분이 생각
이 트인 사제라고 여기게 되었다. 그 일은 주일미사 강
론 때 벌어졌다. 가족 간의 갈등에 대한 이야기를 풀어
나가는데 그 내용이 의례히 말하는 '그저 참고 사랑하

울지 않겠다고 결심한 날

세요'처럼 진부하지 않았다. 부모는 자식을 놓아주어야 한다는 말씀을 하시는데 참 신선하게 다가왔다.

리나의 부모가 리나의 일에 사사건건 참견하고 개입하는 유형의 사람들은 아니었다. 오히려 그 반대라 할 수 있었다. 그러나 리나의 마음속에는 부모에게의 속박감, 그로 인해 느끼는 압박이 적지 않게 자리 잡고 있었다.

그리고 얼마 뒤 미사에서는 안타깝지만 자식을 떠나보내는 부모의 심정을 노래하는 시를 낭송하셨다. 이때부터 리나는 성이 이씨인 그 신부님의 강론에 귀를 기울이게 되었다. 그러자 마음에 와 닿는 말씀들이 많았다.

리나는 세례를 받기 위한 예비자 교리반에 들어가 있었다. 6개월 정도의 과정이었다. 예비자 교리반을 다니고 미사에 참여하고 하면서 성당을 다니는 것이 곧 익숙한 일이 되었다. 일은 중고생 몇 명을 과외하는 정

도만 하고 있었다. 돈 버는 일에 너무 매달려서 모처럼
마음먹고 시작한 성당 다니는 일을 소홀히 하고 싶지
않았다.

마음이 가벼운 시기는 아니었지만 시골 정경이 남아
있는 지역에서의 생활은 리나를 조금은 편안하고 자유
롭게 느끼게 했다. 도시의 삶에서 벗어난 여유를 느끼
고 싶기도 했다. 여기에서 만큼은 긴장을 풀고 지내고
싶었다. 또한 대도시가 아닌 만큼 눈에 띄는 차림새나
모양새로 눈길을 끌지 않도록 조심해야겠다는 생각도
들었다. 혹시라도 이곳 사람들에게 위화감을 주는 일은
없기를 바랐다.

겨울이 지나고 다음 해 봄 리나는 세례를 받았다. 새
로운 시작이 될 수 있기를 간절히 바랐다. 필수적인 것
도 아니었지만 일부러 사진관을 찾아가 기념사진을 찍
었다. 세례를 받으면서 달라진 변화 중의 하나가 고해
소에 들어가 고해를 할 수 있는 거였다. 어느 날 첫 고
해를 했다. 신자에게는 의무적인 것이기도 했다. 사전

울지 않겠다고 결심한 날

적으로 고해성사는 죄를 고백하고 용서를 받는 행위였다. 죄라고 여기는 것을 고백하면 용서를 해준다는 것은 일단 참 대단한 일로 여겨졌다. 진짜로 그렇게 될 수 있든 없든지 말이다. 그렇게 해서라도 마음의 짐이 조금이라도 덜어진다면 좋을 것 같았다. 더불어 고해소는 신이 비밀을 지켜줄 것 같은 곳이었다. 신을 대신해서 사람인 사제가 말을 들어주는 곳이긴 하지만 그들은 비밀을 지키는 의무를 가진 사람들이었다.

성당을 다니면서 가톨릭 교리에 대해 배우게 되었지만 모든 것이 그대로 받아들여지지는 않았다. 의문은 끝이 없었다. 하지만 성서를 읽으며 예수님의 말씀을 생각해 보는 것은 좋았다. 예전에도 성서를 읽어본 적은 있지만 그 말씀들이 그때처럼 다가오지는 않았다. 그날 해당되는 성서 말씀에 대한 신부님의 강론을 듣는 것도 도움이 되었다. 신앙이 깊어질 수 있다면 좋겠다고 생각했다. 그러면 많은 근심에서 벗어날 것만 같았다. 집행유예 기간 중이라는 사실 역시 리나를 위축되고 걱정스럽게 했다.

성서의 말씀 중에 인상적인 부분은 이런 것들이었다. 예수님은 사람들이 간음한 여인을 끌고 와서 어떻게 할까요, 라는 질문을 하자 이렇게 말했다. 〈너희 중에 죄 없는 자가 먼저 돌로 치라.〉 사람들은 하나씩 자리를 떠나고 여자와 예수만 남았다. 예수는 여자에게 다시 죄를 짓지 말라고 하고 용서해주었다. 이런 얘기들을 읽고 들을 때면 리나는 예수님이 정말 멋있고 좋았다. 성서 속의 예수님은 용서하는 마음이 많은 너그러운 분이었고 약자를 사랑하는 분이었다. 예수님이 지금 눈앞에 있는 것은 아니지만 무엇을 통해서건 최대한 예수님 가까이 가고 싶었다. 그렇지만 문서 속에 흔적만 남아 있는 존재를 믿고 사랑한다는 것은 쉽지 않았다.

이 신부님은 매번의 미사를 정성껏 치렀다. 정갈한 제단 위에서 행하는 진지하고 엄숙한 모습은 보기 좋았다. 속세의 것들과 차별 지어지는 것 같은 특별한 아름다움이 있었다. 오르간 소리에 맞추어 성전의 천정 가득히 울려 퍼지는 신도들의 성가는 안식을 느끼게

울지 않겠다고 결심한 날

했다. 다같이 〈하늘의 어린 양 저희의 죄를 없애시는 주님, 저희에게 자비를 베푸소서…〉 같은 대영광송을 부를 때도 그랬다. 저녁 미사 무렵 개울 옆 성당의 십자가 뒤로 저무는 해를 볼 때도 편안한 마음이 들었다. 리나는 성당을 나가는 것이 즐거워졌다.

성당을 부지런히 나갔으므로 신부님과는 자주 보게 되었지만 형식적인 인사를 나누는 정도 외에는 별다른 대화는 할 수 없었다. 작은 성당이라 해도 많은 신자들이 있었고 신부님은 그 중 단 한 명의 사제였고 리나는 다수 신자들 중의 하나일 뿐이었다. 신부님이 리나라는 사람이 성당을 다니는 것을 알고 있는지도 모를 일이었다.

보통 때 신부님이 다른 신도들과 사사로운 대화를 하는 것을 별로 본 적이 없었다. 공식적인 자리에서 꼭 필요한 말씀을 하는 정도인 것 같았다. 적은 연세가 아님에도 자매들 몇 명이 모인 자리에서는 수줍은 듯 고개를 숙이고 조용히 말씀하셨다. 신부님은 미사 때의 특별한 모습만큼이나 평소에도 평범하지 않았다.

　대신 신부님의 소통 방식은 특이한 데가 있었다. 신부님의 강론을 여러 번 듣다 보니 신부님은 강론 중에 그 날의 설교 주제와는 벗어난 얘기를 할 때가 있다는 것을 알게 되었다. 유심히 들어보면 신도들 중의 누군가를 향한 것일 때가 있었다. 예를 들어 부자 사이의 갈등에 대한 조언을 갑자기 하면, 누군가가 신부님에게 부자 사이의 어려움을 털어 놓았구나 짐작할 수 있었다. 이런 것들은 다른 대부분의 신도들에게도 도움이 되는 얘기였다.

　그렇지만 때로는 마음에 의혹과 불편함을 가지게 하는 경우도 있었다. 누군가의 교만함을 꼬집는 부정적인 얘기를 하면 도대체 누구를 두고 하는 소리인가 하는 의문이 들었다. 신부님이 해당 사람에 대해 얼마나 알기에 저런 말씀을 하시는 건지 알 수 없었다. 또 세례를 받는 무렵 인적 사항을 성당 사무처에 제출을 했는데 그 직후의 미사에는 자기를 거짓으로 선전해서는 안 된다는 말씀을 하셨다. 나는 거짓말을 한 것이 없는데 이번엔 누굴 향해 저런 말씀을 하시는 건지 좀 의아했다.

주일 미사 때는 신도가 상당히 많았지만 평일 미사 때는 빨리 셀 수 있을 정도의 적은 수의 사람들만 있기도 하였기 때문에 어쩔 때는 저 말이 나를 두고 하시는 말씀인가 하는 생각이 들기도 하였다. 언젠가 평일 저녁 미사 때 한 번은 모유수유의 가치를 역설하다가 이런 말을 했다.

〈빼야 됩니다.〉

리나는 저게 무슨 소린지 잠시 생각하다가 그 의미를 깨닫자 매우 불편했다. 리나는 가슴 성형을 한 사람은 아니었지만 주위에 할머니들 몇몇이 있을 뿐 보형물을 넣었을 만한 사람은 보이지 않았기 때문이었다.

이 신부님은 스스로 모든 것을 내다보는 힘이 있다

고 믿는 분 같았다. 제단 앞에 서면 척 보면 다 아는 성령이 내린다고 느끼는 것 같기도 했다. 제단 앞에서 그 분은 뭔가 모를 힘이 있어 보이기도 했다. 사제라는 직분에 어울리게 신에게 가까이 있는 사람 같은 스스로의 믿음이 스며져 나오기도 했다. 하지만 당연히 그 분이 넘겨짚어 말하는 것이 다 맞다고 볼 수는 없었다. 때때로 신부님의 의문스럽고 자극적인 말들은 리나뿐만 아니라 다른 신도들의 심기를 불편하게 만들기도 했다. 어떤 사람들은 모여서 신부님의 말에 대해 떠들기도 했다.

아무튼 이런 것들만 빼면 신부님의 설교는 훌륭하고 배울 점이 많았다. 리나는 신부님에게 자신이 누구이며 이 성당에서 무엇을 배우고 생각하고 있는지를 말하고 싶어졌다. 그리고 생각을 이야기를 해야 신부님의 대상을 알 수 없는 일부의 불편한 말씀들에서 놓여날 것 같았다. 하지만 신부님과 대화할 기회는 없었고 말을 잘 할 자신도 없었다. 고해소에 들어가서 할 얘기들도 아니었다.

그래서 리나는 편지를 쓰기로 마음먹었다. 이메일로 보내는 것보다 우편으로 보내는 쪽을 선택했다. 이 신부님의 이메일 주소도 알지 못했고 스팸메일이 넘치는 이메일보다 편지가 더 좋을 것 같았다.

성당이 있는 동네에 작은 우체국이 있었다. 시골 우체국 같은 소박한 느낌을 주는 곳이었다. 리나는 그곳에 가서 등기우편을 보냈다. 리나의 우편물을 받아주는 직원은 팔이 불편한 장애인이었는데 여러 번 편지를 보내다보니 리나를 알아보는 것 같았다. 그의 표정을 보면 리나가 바로 근처에 있는 성당으로 왜 굳이 편지를 보내는지 재미있게 여기는 것 같기도 했다. 리나 자신도 그런 생각을 하기도 했다. 그렇지만 신부님께 직접 편지를 전할 자신도 없었고 우체국을 통해 편지를 보내는 것이 받는 사람도 신선한 기분이 들 것 같았다.

7

편지

7. 편지

첫 번째 편지를 보냈다. 신부님은 리나의 편지에 대해 어떤 직접적인 답도 주지 않았다. 그렇지만 강론 중에 자신이 편지에서 언급한 내용을 말씀하시는 것을 보고 읽으셨다는 사실을 알게 되었다. 그 정도만 해도 리나에게 감사한 일이었다.

신부님의 강론을 들으면서 이후에도 몇 차례 편지를 더 보냈다. 신부님이 강론 중 말씀하신 성경 해석에 대한 얘기를 하기도 했고 가톨릭 신앙에 대한 자신의 생각을 쓰기도 했다. 때로는 크고 작은 고민들도 쓰게 되었다. 사제는 신도들의 내면적 어려움을 들어주는 직업이기도 하니 괜찮을 것이라 생각했다.

신부님께 편지를 보내고 나면 신부님은 강론을 통해 간접적이나마 답변을 주었다. 리나는 신부님이 자신의 문제에 관심을 가져주신다고 느꼈고 그것은 기운이 나는 일이었다. 신부님의 말씀을 귀담아 들었다. 많은 경우 신부님은 리나가 편지를 통해 얘기한 문제에 대해 진지하게 답변해주려고 노력하시는 것 같았다. 모처럼 행복한 시간들이었다. 리나는 개울가의 작은 성당에서 예상치 못했던 기쁨을 누리고 있었다.

한편 리나는 이러한 기쁨에 감사를 표시하고 싶었고 봉사활동 외에도 성당을 위해 무언가를 하고 싶은 마음이 들었다. 마침 성당에서는 성전 입구에 예수상을 세우는 작업을 하면서 기부자를 모으고 있었다. 리나는 학생들을 가르쳐서 번 돈으로 자신도 참여하기로 했다. 세 명의 기부자 중에 하나가 되었다는 소식을 들었다.

공사가 끝난 후 두 팔을 벌리고 서 있는 하얀 예수상을 바라보면 흐뭇한 마음이 들었다.

신부님답게 늘 편안한 말씀만 하시는 것은 아니었다. 예수님의 실제 존재에 대한 생각을 썼더니 〈누가 좀 오만하군요.〉, 일상에 대한 얘기를 썼더니 〈요즘 어떤 사람이 나한테 자기 자랑이 심하군요.〉라는 말씀을 하셨다. 그래도 거의 재미있게 받아들였다. 성경을 공부하면서 여러 가지 생각을 해보는 것은 좋았고 신부님에게 편지로 그런 내용들을 정리해서 보내면 더 공부가 되는 것 같았다. 리나 스스로도 자신이 성경공부에 빠져 있구나 하는 생각을 하게 된 일이 있었는데 그것은 어느 날 밤의 꿈 때문이었다.

꿈속에서 리나는 사람들 사이에 서 있었다. 어떤 장소인지는 알 수 없었다. 중심에 어떤 사람이 누워 있는 것 같았는데 그는 몹시 아픈지 계속 신음소리를 내고 있었다. 처음에 리나는 별 느낌 없이 지켜보고 있었다. 그러다 어느 순간 그 사람이 죽어가고 있다는 사실을 직감했다. 그러자 갑자기 슬픔이 밀려왔다. 그 사람이 리나에게 특별한 존재였던 것 같다. 리나는 그를 잃게 될 거라는 생각에 절박한 심정이 되었고 울기 시작했다. 그러다가 그 사람의 몸이 공중 높은 곳으로 솟구쳐 올랐다. 리나의 몸도 따라서 솟구쳐 올랐다. 둘은 그 높은 자리에 함께 머물렀다. 리나는 꿈에서 깼다. 몸이 무겁고 힘들었다. 그 사람의 고통스러운 신음소리가 여전히 귓가에 생생했다.

이 꿈과 얼마나 연관이 있는지는 몰라도 그 즈음 리나가 예수님의 말씀에 대해 생각하면서 가장 다가오는 것은 자유라는 개념이었다. 속박된 것들로부터의 자유, 예수를 사랑함으로써 그것을 얻을 수 있을 것 같았다.

얼마 뒤 주말에 신부님이 신도들과 가까운 산으로 하이킹을 가는 일이 있었다. 리나도 함께 했다. 산을 올라 가다가 잎사귀가 특이하게 생긴 푸른 나무 앞에 신부님이 잠시 멈춰 섰다. 잎 한 장을 따서 리나에게 건네주었다. 리나 옆에 다른 여성 신도가 있는 것을 보고 황

울지 않겠다고 결심한 날

급히 다른 잎을 따서 그에게도 나누어 주었다. 리나는 산을 오르는 내내 그 잎을 쥐고 있었다. 리나는 마치 자신이 어린 시절의 자기로 되돌아간 것처럼 천진난만한 즐거움을 느꼈다. 마음 같아서는 신부님 가까이 가서 아이처럼 놀고 싶었다. 물론 정말로 그럴 수는 없었지만 말이다.

어쩔 때 신부님이 입고 있는 긴 검은 수단은 부인들의 치맛자락처럼 보이기도 했다. 신부님과 친숙해지면서 리나는 자신이 어린 시절로 되돌아가 아기들이 엄마 치맛자락 사이에 숨는 놀이를 하는 것처럼 그렇게 신부님 옷자락 속에 숨었으면 좋겠다는 생각도 들었다.

그러던 어느 날이었다. 무슨 행사로 성전의 물건들을 다른 곳으로 옮기는 작업이 필요했다. 여러 명의 신자들이 옮기는 일을 시작했고 리나도 거들고 있었다. 신부님도 리나가 일하는 사람들 중에 있는 것을 보셨다. 일을 하다가 옮길 물건이 더 있나 싶어서 성당의 어떤 공간으로 들어갔는데 마침 그곳에 신부님이 혼자서 계셨다. 리나가 물었다.

〈여기도 옮길 물건이 있나요?〉

신부님은 대답 대신 어색하게 웃었다. 그런데 들어오는 리나를 본 신부님이 얼굴이 창백해질 정도로 소스라치게 놀라는 것이었다. 그 모습에 리나도 속으로 놀랄 정도였다. 곧 나오긴 했지만 신부님이 혹시 자신을 좋지 않게 보는 것인가 하는 생각에 슬픈 마음이 잠시 들었다.

한편 성당에서는 누군가를 초청해서 강연을 하기도 하고 평소와는 다른 특별한 행사를 하기도 했다. 그런데 우연인지는 몰라도 리나가 관심을 가질 수밖에 없는 주제의 것들이 많았다. 리나가 고해와 편지를 통해 신부님에게 얘기한 것들과 연관성이 있는 것들이었다. 리나는 자기가 생각하는 것보다 더 신부님이 자신을 위해 많은 것을 하는지도 모른다는 느낌도 들었다.

울지 않겠다고 결심한 날

한 수녀님이 와서 강연을 할 때였다. 수녀님은 성당의 청중들을 둘러보며 강연 주제 외의 말씀을 잠시 하셨다.

〈이렇게 요구 조건이 많은 강연 요청은 처음이에요. 무슨 말씀을 해달라는 게 그렇게 세세한지….〉

그러다 리나와 눈이 마주치자 잠시 빤히 바라보았다. 이후 강연 도중 리나가 실수로 하품을 크게 했는데 몹시 한심스럽다는 듯한 표정을 지었다. 리나는 무안하고 미안했다.

한 자매가 와서 강연을 한 적이 있었는데 그때도 마찬가지였다. 그 자매도 말씀 중에 〈신부님이 하도 요구하시는 게 많아서….〉 하고 말끝을 흐렸다. 그러자 옆에 계시던 신부님이 쓸데없이 소리를 한다는 듯 인상을 썼다. 아무튼 신부님이 초청하는 강연자들은 특별한 요구를 부탁받는 모양이었다.

봄에 세례를 받은 이후 첫 여름이 지나고 있었다. 리나는 문득 자신의 편지가 감정적으로 흐르고 있다는 사실을 깨달았다. 내면의 어두움과 번민을 너무 그대로 표현한다는 생각이 들었다. 그건 독신으로 살아야 할 신부님에게 부담스러울 수도 있는 일이었다. 게다가 리나가 보기에도 신부님은 리나가 자신을 좋아한다는 사실을 알고 있었다. 그건 별로 오가는 대화가 없더라도, 편지에 무슨 소리를 쓰건 상관없이 그가 자연스레 느낄 수 있을 것 같았다.

리나도 가톨릭 사제가 어떤 서약을 하고 살아가는 사람들인지 알고 있었다. 그래서 평소 리나는 신부님께 되도록 가까이 가지도 않았다. 가까이 간다고 별 일이 생길 것도 아니라는 것을 알고 있었지만 그렇게 했다. 어떤 미사 때 앞자리가 많이 비어 있으면 신부님이 〈알고 보면 저도 괜찮은 사람입니다. 좀 앞에 와서 앉으세요.〉라며 농담조의 부탁을 던지기도 했고, 그럴 때나 자리를 채우기 위해 앞자리에 앉는 식이었다. 리나는 성당에서 봉사 활동을 했는데 때로 여러 사람을 위한 식

울지 않겠다고 결심한 날

사 준비를 하기도 했다. 그럴 때 신부님을 마주치면 일에 대해 간단한 대화 정도나 했을 뿐이었다. 그럴 때도 신부님은 고개를 살짝 숙인 채 조용조용히 대답하는 편이었다.

〈신부님, 안녕하세요.〉

〈네….〉

〈이번에 준비한 메뉴는 볶음밥이 될 거예요.〉

〈네.〉

〈신부님도 같이 드시러 오라고 하시네요.〉

〈네.〉

거의 늘 이런 식이었다.

리나는 한동안 자신의 존재가 신부님에게 좋은 것인
지를 진지하게 생각했다. 신부님을 좋아하지만 이곳을
떠나야겠다고 마음먹었다. 그건 슬프긴 했지만 신부님
은 자신을 위해 이미 많은 것을 해주었다고 느꼈고 그
것만으로도 감사하게 여기고 싶었다. 소통 아닌 소통이
었지만 자신의 이야기에 신부님은 열심히 귀 기울여주
었고 도움이 되어주려 노력했다고 느꼈다. 그런 신부님
의 정성어린 마음과 가르쳐주신 신앙심만 잘 간직해도
살아가는 데 큰 힘이 될 것 같았다.

한편 어쩔 때 신부님을 보면 그런 삶이 외로울 것 같
았다. 사람들이 빠져나가면 정적밖에 남지 않는 성당
한 켠의 사제관에서 홀로 많은 시간을 보내며 살아가
고 있었다. 어느 날 성당의 행사 준비를 위한 일을 마치
고 늦은 시간에 성당 마당을 지나친 적이 있었다. 어둠
속에 자리 잡은 사제관은 적막하기 그지없었다. 저런
적막함을 어떻게 견디고 계실까 하는 마음이 들었다.

그뿐 아니라 사제라는 신분은 보통 사람들이 누리는

행복들을 포기하게 하는 것 같았다. 다른 무언가가 자기의 소망을 위해 신부님을 희생시킨다는 느낌도 들었다. 이런 생각을 한다고 리나 뜻대로 될 수 있는 것도 없었지만 그러나 결국 깨달은 것은 신부님은 그 자리에 계속 있는 것이 제일 좋을 것이라는 거였다. 신부님에게 편하고 가장 어울리는 자리였다. 무엇보다 스스로에게, 많은 이들에게, 신에게, 평생을 독신으로 살겠다는 엄숙한 약속을 한 사람이었다. 이 정도에서 떠나야겠다는 생각이 들었다. 쉬운 결정은 아니었다. 리나는 신부님을 사랑하고 있었는지도 모르겠다. 그리고 신부님의 리나를 향한 어떤 마음도 리나는 어느 정도 느끼고 있었다. 이성을 향한 감정은 아니라 하더라도 말이다.

그간의 일에 감사드린다는 편지를 썼다. 곧 떠난다는 얘기도 썼다. 무언가를 드리고 가고 싶어서 판화 한 점을 신부님께 전해드리도록 했다. 그 판화는 산 속의 사찰을 은은하게 표현한 작품이었다. 그림 아래쪽에는 산과 사찰의 이름이 쓰여 있었다. 리나가 이십대에 처

음으로 구입한 중견 화가의 미술 작품이었다. 크게 값
나가는 것은 아니었지만 산을 좋아하는 신부님에게 좋
은 선물이 될 것이라 생각했다.

그 직후의 평일 미사 중에 신부님이 말했다.

〈주고 떠나는군요.〉

그런데 바로 얼마 뒤 갑자기 견진성사 대비에 참여
하라는 언질을 성당에서 받았다. 리나는 그 해 봄에 세
례를 받은 사람이었고 신앙의 깊이가 더해진 사람에게
주는 견진성사의 대상은 되지 않는다고 알고 있었기에
좀 뜻밖이었다. 뭔가 잘못된 것은 아닌가 싶어서 확인
삼아 다시 문의를 하니 참여하라고 했다. 견진성사를
받고 이곳을 떠나면 되겠구나 마음먹었다. 가을이 오고
있었다.

견진성사 일이 다가오고 있었다. 어느 날 견진성사
를 대비하는 강의실에 리나는 일찍 와서 앉아있었다.

울지 않겠다고 결심한 날

이 신부님이 들어왔다. 신부님은 리나 앞에 와서 서서 허리를 굽혀 리나의 눈을 가만히 들여다보았다. 리나도 미소 띤 신부님의 눈을 바라보았다. 신부님은 A4 종이 한 장을 건네주었다. 시였다. 작자가 쓰여 있지 않았기에 신부님이 쓴 것인지, 다른 시인의 작품인지는 알 수 없었다. 시작 부분은 종교적 색채였지만 읽다보니 평생의 사랑을 약속하고 사랑의 완성을 기원하는 연시였다. 리나는 충격을 받을 정도였다.

'신부님이 내게 정말 이토록 진지한 마음이 있는 걸까? 그럼 나는 어떻게 해야 하지? 기다려 달라는 의미일 수도 있을까?'

그 시는 리나에게 신부님에 대한 생각을 달리 가지게 했다. 견진성사 이후 그 도시의 중심부로 다시 이사했지만 하던 봉사 활동을 계속 한다는 이유로 그 성당은 한동안 계속 다니게 되었다. 훗날에야 그 시에 대한 자신의 생각은 대단한 착각임을 깨달았다. 결과적으로 그 시는 그 다음 해에 터진 무서운 일들의 예고장이 되고 말았다.

왜 신부님은 떠나려는 자신에게 그런 시를 전해주었을까? 리나는 알 수 없었고 훗날에도 의문은 계속되었다. 그 시를 준 의도를 오해했다면 그것은 자신의 실수라 하더라도, 그런 시가 자신에게 어떤 생각을 갖게 할지 그는 전혀 생각하지 못했던 것일까? 만일 그때 신부님이 자신 뒤에서 뭔가를 벌이고 있거나 벌이려 한다는 것을 조금이라도 알았더라면 어땠을까? 자신에게 적개심 있는 사람들이 성당에 있다는 것을 알았다면 어떻게 했을까? 리나는 당장 그 성당을 나가지 않았을 것이고 신부님께 더 이상 어떤 글도 전하지 않았을 것이다.

의문은 꼬리를 물었다. 더욱이 자신의 편지가 그로 하여금 그토록 비이성적인 행동을 하게 할 정도였다면 왜 단 한마디라도 하지 않았을까? 〈나는 당신의 비밀을 지켜줄 생각이 없으므로 고해도 하지 말고 편지도 쓰지 말라.〉라고 말이다. 불완전하기는 했지만 리나는 신

울지 않겠다고 결심한 날

부님과 소통을 한다고 느꼈고 그것이 리나가 신뢰감을 가지고 편지를 계속 쓰게 된 이유였다.

어쩌면 리나는 그 불완전한 소통 자체를 의심해야 했었는지 모른다. 직접적인 의사 표현은 하지 않으면서 일방적인 메시지를 던지는 신부님의 방식을 다시 한 번 생각했어야 했는지도 모른다. 그러나 그때 리나는 신부님으로서는 그렇게밖에 할 수 없나보다 이해하려 고 했다.

신부님이 왜 그런 소통방식을 고집하는지는 정확히 모른다. 어떤 점에서는 매우 일방적이고 회피적인 방식 이다. 신부님은 리나가 편지를 보낸 것을 일방적이라고 느꼈을지도 모른다. 맞다. 리나 역시 소통에 능숙한 사 람은 아니었다. 그러나 리나는 소통을 시도하고 있었 다. 그런 리나의 시도가 싫었다면 거절을 하면 되었다. 직접 말하기 싫었다면 강론 중이라도 〈나는 신자들의 개인적인 편지를 받지 않습니다.〉라고 한마디 했다면 되지 않았을까. 아니면 편지를 반송시키거나 무시할 수도 있었다.

'나를 미워하는 사람들이 넘치는 성당에 왜 나를 그
대로 있도록 만들었을까? 그렇게 해서라도 뭔가를 지
켜보고 싶었던 것일까? 자신이 사람들을 자기 뜻대로
움직일 수 있다고 생각했고 그게 안 되면 그들과 싸우
면 그만이라고 여겼을까? 그 와중에 아무것도 모르는
나는 어떤 지경에 처할지 아랑곳하지 않았던 것일까?'

어쨌거나 신부님이 건네준 그 시는 멀어져야겠다고
마음먹었던 리나의 결심을 무너뜨리고 말았다. 리나는
희망과 불안이 섞인 상태로 신부님을 멀리서 바라볼
수밖에 없었다. 그리고 그 다음 해에 터진 학원에서의
사건 이후 큰 두려움에 빠진 리나는 신부님과 최소한
의 대화라도 해보려 했다. 리나가 전혀 통제할 수 없는
거대한 무언가가 천지사방으로 온갖 추악한 것들을 뱉
어내고 있는 것 같았고 그 상황을 제대로 알고 리나를
지켜줄 수 있는 사람은 신부님밖에 없는 것 같았다. 그
러나 신부님은 리나를 철저히 회피했고 리나는 정신적

울지 않겠다고 결심한 날

공황상태에 빠졌다.

마치 과거의 어두운 기억들과 현재의 이성을 잃고 날뛰는 어떤 것들이 리나의 사지를 붙잡고 사방으로 잡아당기는 것 같았다. 동시에 세상 모든 것에서 버림받아 마치 자신의 존재가 사라져버릴 것 같은 느낌이었다. 그 무렵에는 잠이 들기 전 벽에 걸린 십자가의 예수님을 보면서 얘기했다.

〈제발 저를 지켜주세요. 저는 죽고 싶지 않아요.〉

그 후로 세월이 흐른 뒤 보았을 때 예수님은 리나의 청을 들어준 셈이었다. 그러나 리나가 신앙을 버린 것은 아니었지만 더 이상 예수님을 예전처럼 바라보고 있지는 않았다. 애초에 리나의 신앙심이라는 것이 깊지 못해서 그럴 수도 있었다. 리나 스스로도 결국 자신은 썩 종교적인 사람은 못 되는구나 하는 생각도 했다. 여하간 무엇인가에 그 정도로 매달리고 싶은 마음이 자연스럽게 덜해졌다. 자신을 오롯이 구원해줄 어떤 것이 있다는 믿음에서 자유로워졌다. 리나 내면의 힘이 자랐다고도 할 수 있었다. 이 신부님이라면 이런 리나의 생각에 대해 오만하다고 지적할지라도 말이다.

예수님은 리나에게 대가없는 사랑, 놓아주는 사랑을 준 존재이기도 했다. 리나가 자신을 필요로 할 때는 자신을 내어주었고 이후에는 자신에게 의존하는 것을 넘어서 리나 자신을 찾아 계속 가는 것을 허락했다. 세례를 받은 성당을 다닐 때 리나는 예수 안에서의 자유를 인상 깊게 느꼈지만 나중에 느낀 자유는 그 이상의 것이었다. 리나는 예수님의 사랑이 위대하다면 그래서이지 않은가 하는 생각도 했다.

8

성당의 사람들

8. 성당의 사람들

평소 성당에 규칙적으로 나오는 사람들은 남성보다 여성들이 많았다. 신도로서 중요한 직책을 맡은 사람들은 남성들이 상당히 있기는 했지만 실제로 적극적으로 성당 일을 맡아 봉사를 하는 사람들은 여성들이 대부분이었다. 대가없는 헌신을 하는 여성들의 모습은 신선하고 멋지게 다가왔다. 만나게 되는 분들 대부분은 새로 온 리나를 친절하게 맞아주었다.

대다수 자매들은 상당한 존경심을 가지고 신부님을

대했다. 성당에는 여러 가지 활동이 있지만 그중 신부님을 위한 봉사를 하는 것을 특별하게 여기기도 했다. 신부님을 위해 제단의 물건과 미사 때 입는 사제복을 준비하는 것 등을 하시는 분들은 일종의 사명감을 가지고 있었다. 어떤 사제이건 그에 대해 안 좋은 얘기를 함부로 말해서는 안 된다는 얘기도 들었다. 여러 가지로 사제는 특별한 존재로 여겨졌다.

특히 이 신부님에 대해서는 순수하고 훌륭하신 분으로 평하는 분들도 있었다. 간혹 신부님에 대한 불만을 얘기하는 사람들도 있었지만 자세한 내막은 알 수 없었다. 어떤 자매가 자신의 친구에게 신부님에 대해 몹시 불만스러운 기색을 보이는 것은 보았는데 어쩌면 신부님이 일방적으로 사람의 심리를 자극하는 말을 하기 때문에 기분이 상했을지도 모른다는 생각이 들었다.

〈난, 신부님이 미워 죽겠어. 성당을 가기 싫다니까.〉

신실한 신도였던 그녀의 친구는 그를 달랬다.

울지 않겠다고 결심한 날

〈그런 소리 하지 마. 신부님은 순수하신 분이야. 너무 그러시다 보니 오해를 사시는 거겠지. 책도 많이 보시고 훌륭하신 분이래.〉

〈오죽하면 내가 이러겠어. 나도 성당을 어려서부터 수십 년 다닌 사람이야. 저런 신부님은 처음이야.〉

그녀의 친구는 그런 말들을 듣기 불편하다는 듯 입을 닫았다. 리나 역시 불만까지는 아니었지만 신부님이 자신을 향한 것이든 아니든 매섭고 날카로운 말을 할 때 기분이 좋지 않을 때는 있었다.

성당에서 우연히 득춘이라는 아주머니를 알게 되었다. 그 전까지 리나가 보통 알았던 연배 높은 자매들과는 좀 달랐다. 예의와 교양을 중시하는 자매들과는 달리 말과 행동에 거리낌이 없었고 큰 목소리로 좌중을 휘어잡는 것을 좋아하는 사람이었다. 활달하게 얘기를 하다가도 힘들었던 성장기와 현재 빚에 쪼들린다는 얘기를 하며 슬픈 기색을 보이기도 했다. 거친 듯하면서도 솔직한 성품이 좋게 느껴졌다. 주로 일당을 받는 허드렛일을 닥치는 대로 하며 살아가는 자매였다.

한 번은 리나를 자신의 집에 초대한 적이 있었다.

〈난 하도 말이 많아서 너같이 조용한 사람이 부럽다니까. 학교 다닐 때도 너처럼 조용한 아이랑 짝이 되고 싶었지. 그러면 나도 좀 조용해지려나 싶어서 말이야. 호호호.〉

득춘은 얼굴 가득 호의적인 웃음을 지으며 수다를 이어갔다. 그러다 가족 앨범에서 남동생의 사진 여러 장을 보여주며 그에 대한 이야기를 자세히 했다.

〈애가 정말 똑똑했어. 그런데 가정이 편치 못하다 보니 애가 방황을 한 거지. 그래서 고등학교 때 가출을 했어. 자꾸 가출을 하다 보니까 대학을 못 갔지. 그래도 좀 봐. 얼마나 잘생겼는지 몰라. 키도 크고 정말 잘생겼다니까.〉

울지 않겠다고 결심한 날

어린 시절 가정불화로 인해 방황하는 시기를 보내긴 했지만 잘 생기고 똑똑하다는 칭찬이었다. 자신에게 남동생 이야기를 하는 뜻이 짐작이 갔고 나중에 다시 그런 뜻을 보일 때 완곡하게 거절했다. 지금은 결혼을 할 생각이 없다는 정도로 얘기를 했다. 그러자 실망스런 기색을 감추지 않던 득춘은 한동안 리나에게 쌀쌀맞게 굴었다.

처음에 득춘 아주머니는 남동생 때문에 리나에게 관심을 가졌는지 몰라도 리나는 그분이 성당 일을 배워가는 데 도움을 준다고 생각했고 고맙게 느꼈다. 때가 되면 작은 선물로 감사 표시를 했다. 남동생의 일 이후에도 득춘은 리나에게 또 다른 뭔가가 있었는지 냉랭하고 심퉁스런 표정을 짓기도 했는데 그때는 이유를 알 수 없었다. 이후에는 리나에게 별 이유 없이 뭔가를 떠보는 듯한 질문을 하기도 했기 때문에 그런 점들이 불편하게 느껴지기도 했다.

한편 성당을 열심히 다니며 성당의 잡다한 일에도

관여하곤 했던 득춘은 성당의 보수를 위한 공사시기를 전후로 신부님에 대한 불만도 커지고 있었다. 공사는 입찰을 통해 어떤 외부 업체가 맡은 모양이었다. 그때부터 득춘의 입에서는 신부님에 대한 험담이 조금씩 나오기 시작했다. 신부님이 득춘에게 성당의 잡역들을 맡길 때는 신부님에게 누구보다 충직스럽게 대한 것으로 아는데 뭔가 기대가 어긋난 것이 있어 보였다. 언젠가 리나가 득춘과 함께 성전 앞을 지나고 있는데 멀찍이 서 있던 신부님이 뭔가 걱정스럽다는 눈빛으로 두 사람을 바라보는 것을 느꼈다.

득춘 아주머니를 만나다보니 남의 일에 지나친 관심과 의심이 많은 성격이라는 것을 알게 되었다. 근처 어떤 가정에서 어린 아이를 입양을 했다. 일단 쉽지 않는 결정으로 좋은 일을 한 것이었다. 그런데 별 일이 있는 것도 아닌데도 득춘은 그 집 여자가 아이를 어떻게 하는 것처럼 의심을 하며 그 집의 동향을 감시하고 있었다. 입양한 아이 머리를 어떻게 깎였더라, 그렇게 해서 되겠느냐 하며 그 집의 모든 행태를 의심하며 호들갑을 떨었다. 그 집은 경제 사정이 나름 좋은 집이었던 모양인데 아이를 입양하기 전에도 그 집 여자가 평소 현금을 쓰는 것을 의심스럽다는 듯이 얘기를 하고 다녔다. 아무튼 득춘은 자신과 별 문제가 없어도 마음에 들지 않는 사람들이 있었고 그들에 대한 의심과 험담이 잦았다. 주로 자신보다 형편이 나은 사람들이었다.

한번은 눈을 깜빡거린다는 어느 집 아이 얘기를 하며 큰 소리를 쳤다.

〈그거 틱이라니까, 틱. 돈만 많으면 뭐해. 애가 그 모양인데.〉

어떤 동년배 여자에 대해서는 여러 사람들 있는 곳에서 이렇게 말했다.

〈걔는 우울증이야. 난 딱 보면 알아. 도지면 아무것도 못한 다니까. 지 신랑이 뭐해서 잘사는지는 몰라도.〉

마지막으로 만났을 때 득춘의 모습은 평소의 큰 소리 치는 모습과는 달랐다. 리나를 보자 얼굴이 붉게 상기된 채 한숨을 쉬며 자기 얼굴을 손으로 감쌌다. 마치 큰 잘못을 저지르고 그것을 어쩔 줄 모르고 당황하는 사람 같은 모습이었다. 득춘은 리나가 선물로 사간 복숭아를 대충 깎아 내놓고는 자신은 멀찍이서 딴 곳을 쳐다보고 앉아 있었다. 리나는 득춘이 자신을 상대로도 험담을 서슴지 않았을지도 모르겠다는 생각이 들었다.

세례를 받은 후 성당에서 이런저런 활동을 하다가 리나와 비슷한 나이의 한 여성을 알게 되었다. 영순이라는 평범한 이름과는 달리 화려한 세례명을 가지고 있었고 그 세례명으로 자신을 불러주는 것을 좋아했다. 영순이는 평소 아주 애교스럽고 귀엽게 행동하는 것을 좋아했다. 그런 모습이 과장되어 보일 때도 있었지만 재미있게 사는 것 같아 나쁘지 않았다. 그 아이는 신부님을 무척 좋아해서 중년에 가까운 신부님을 귀엽다고 말하며 즐거워했다. 온몸으로 제스처를 넣어

울지 않겠다고 결심한 날

가며 〈오, 귀여운 신부님, 너무 귀여워. 오, 오, 오.〉 하는
모습은 마치 희극배우처럼 보일 때도 있었다.

시간이 흐르면서 영순이가 유쾌해 보이는 모습과는
달리 마음속에 그늘진 곳이 많다는 느낌을 받았고 리
나는 영순이 안됐다는 생각도 들었다. 영순이 직장이
있음에도 매달 신자로서 내는 교무금을 한 푼도 내지
않는 것을 누군가가 좋지 않게 얘기하는 것을 듣고 사
정이 있겠거니 생각했다. 이후 영순이 성당의 비품에서
자기가 필요한 것을 찾을 때가 있는 것을 몇 번 보았기
때문에 형편이 어려운가 하는 생각도 들었지만 꼭 그
런 것은 아니었다.

친구처럼 지내면 좋겠다고 생각했지만 서로 통하는
게 없었는지 친해지지는 못했다. 그리고 가끔 그녀는
이해하기 어려운 말을 리나에게 내뱉을 때가 있었다.
어느 날 성당 뒤 켠의 강당에서 마주쳤을 때였다.

〈나는 이메일로 신부님께 편지를 보내는데 말이지.〉

하고는 비웃는 듯한 웃음을 지으며 자리를 떴다. 어느 날은 커다란 중고 점퍼를 입고 와서 인터넷으로 산 것이라며 리나에게 자랑을 했다. 인터넷으로 물건을 산 것이 왜 자랑거리가 되는지 리나는 이해할 수 없었다. 그녀는 편지를 쓰는 사람은 컴퓨터도 쓸 줄 모른다고 믿고 싶어 하는 것 같기도 했다. 학원에서의 일을 겪고 나서야 리나는 그 아이가 왜 이런 말들을 했는지 알 것 같았다.

영순은 적극적인 편이라 자기가 하겠다고 나서는 일은 많았지만 실제로는 다 하지는 못했고, 자기가 하기로 한 일을 하지 않으면 리나 탓으로 돌리기도 했다. 리나는 자신이 하기로 한 일도 아니었고 무슨 일인지도 잘 모르는데 약속을 지키지 못했다는 책임만 지는 셈이었다. 그러다 어떤 사람이 그 점을 그녀에게 한 차례 지적한 적이 있었는데 영순은 얼굴을 붉히며 자리를 떴다.

성당에서 크리스마스 파티가 열린 때였다. 리나는

신부님도 참석한 자리에서 즐거운 시간을 보냈다. 신부님도 평소보다 기분이 좋아 보였다. 사람들 속에 섞여 즐거워하는 리나를 신부님은 흐뭇한 표정으로 바라보았다. 그런데 그때 영순의 기분이 좋지 않아 보였다. 또 쌜쭉하더니 자리를 떴다. 그날 이후 우연인지 모르지만 리나와 똑같은 머리 모양을 하고 나타나서 리나에게 더욱 새침하게 굴었다.

그 후 언젠가 성당 마당을 지나는 그 아이를 신부님이 매서운 눈으로 쏘아보는 것을 리나는 느낀 적이 있었다. 그 눈빛은 마치 〈너지?〉라고 말하는 것 같았다. 이 역시 훗날에야 그 눈빛이 무엇을 의미하는지 알 것 같았다.

성당에서 별다른 큰일은 없었다. 신앙을 배워가는 리나의 내면만 분주할 뿐이었다. 주말에 미사에 참여하고 평일에도 시간이 나면 성당을 찾았다. 교우들을 많이 알지는 못했지만 안면이 있는 분들과는 무난한 사이로 지냈다. 열성적인 신자들처럼 일이 있어 다른 지역에 가면 그 곳의 성당을 찾기도 했다. 성당을 일 년 넘게 다니다 보니 겉의 평온과 다른 내면의 문제랄까 하는 것도 얼핏 보이기도 했다. 사랑과 평화를 무엇보다 내세우는 곳이었지만 사람들 사이의 보이지 않는 날카로움도 심심찮게 있었다. 사람 모이는 데는 크게 다르지 않을 수도 있겠다 싶었다.

남편과 사별한 어떤 자매를 두고 성당의 어떤 사람들은 좋지 않은 소리를 하기도 했다. 그 남편이 가톨릭 사제가 될 생각이 있는 사람이었는데 그 부인과의 결혼으로 포기를 했다는 것이다. 그래서 사별과 같은 불운을 겪은 것이라 말하기도 했다. 사제도 아니고 사제가 될 뻔한 사람과 결혼을 한 것을 두고 문제가 있는 것처럼 얘기하는 것이 리나는 이해하기 어려웠다. 사제든 사제가 될 뻔한 사람이든 자신들은 그런 사람들을 위해 무엇을 해주었는지 묻고 싶었다.

성당에 열심히 나오는 사람들 중에는 입이 거친 득춘 아주머니와 리나에게 이유 없이 쌀쌀맞던 영순처럼 내면에 짙은 그림자를 드리우고 있는 사람도 꽤 된다는 것을 알았다. 그런 것이 있으니 신앙에 의지하려는 마음이 더 생기지 않을까 하는 생각도 들었다. 그건 리나 자신도 마찬가지였다.

훗날 학원에서 안 좋은 일이 벌어지고서야 리나는 대체로 좋은 추억으로 남아 있었던 개울가의 성당에서의 일을 다시 생각해 보게 되었다. 미심쩍은 일들이 있기는 했다.

한 연세 지긋한 자매가 리나 곁에 와서 한숨을 크게 쉬며 이렇게 말한 적이 있었다. 은퇴한 교사로서 큰 언니 같은 역할을 하시는 분이었다.

〈하여간 신부님이 철이 없어. 하여간 남자란…. 쯧쯧쯧.〉

뭔가 걱정스럽다는 듯한 뉘앙스였다. 당시는 약간 의아했지만 흘려들은 이야기였다.

한번은 이런 일도 있었다. 어느 날 저녁 미사가 끝나고 소지품을 챙기고 있는데 한 남성이 리나 자리 옆에 바싹 다가와 앉았다. 성당에서 안면이 있는 기혼의 중년 남자였다. 그가 초조한 기색으로 은밀하게 말했다.

〈만나는 남자 있어요?〉

단순한 말이 아니었다. 리나는 재빨리 자리에서 일어나 성전 밖으로 뛰어 나왔다. 기분이 좋지 않고 뭔가 좋지 않은 일이 일어나고 있는 것은 아닌지 한동안 좀 불안했다. 리나는 이 일을 무시하려고 했지만 그는 그 이후에도 리나를 훑어보거나 떠보는 듯한 말을 건네곤 했다. 그러다 언젠가부터 노골적으로 불만스런 기색을 보였다.

어느 날 성당 행사를 마치고 리나가 주방에서 설거지를 하고 있었다. 일을 하기 위해 재킷을 벗고 블라우스 위에 목부터 내려오는 앞치마를 입고 일을 하고 있었다. 그런데 누군가 쳐다보는 느낌에 옆을 보자 그 남

울지 않겠다고 결심한 날

자가 리나를 지켜보고 있었다. 침을 삼키는지 목젖이 울렁이는 그를 보고 리나는 막연한 두려움을 느꼈다.

그는 어느 날 마주친 리나에게 신부님에 대한 부정적인 얘기들을 늘어놓았다. 그리고는 마치 리나가 그 말에 동의해주기를 바란다는 듯한 태도를 보였다.

〈그런 건 문제잖아요. 그렇지 않아요?〉

리나가 별 반응을 보이지 않자 그는 같은 말을 반복했고, 리나가 귀찮아서라도 간단한 동감을 표시해주기를 바랐다. 리나는 그가 자신에게 접근하다 거부당한 이후 뭔가 다른 생각을 하고 있다는 생각이 들었다. 거부당한 무안함이나 괘씸함을 엉뚱한 식으로 앙갚음하려 드는 것 같기도 했다. 그리고 무슨 이유인지 그는 영순과 한 편인 듯 굴기 시작했다.

이 일뿐만 아니라 묘한 분위기를 느낀 적도 있었다. 리나는 성당에서 자신이 가져간 간식을 나누어 먹거나 봉사 활동하면서 만나는 사람들에게 직접 식사를 제공하기도 했기 때문에, 교인들끼리 모였을 때 음식을 나누어 먹는다는 것은 자연스럽게 생각되었다. 그런데 그런 자리에서 리나가 뭔가를 먹는 것을 기분 나쁜 눈초리를 쳐다보는 여자 교인도 있었다. 리나는 속으로 욕심 많은 사람인가보다 하고 넘겼다.

한 번은 아는 교인으로부터 초대를 받아서 그 집을 방문했다. 외국에서 의료 봉사 활동을 하시다가 한국에 잠시 들어온 어떤 신부님이 말씀을 전하기 위해 계셨다. 넓은 거실을 가득 채울 정도로 많은 교인들이 모여 있었는데 의자가 없어 바닥에 앉아야 했다. 맨바닥에 앉다보니 어떤 사람들은 양반 다리를 하고 앉아 있기도 했는데 리나는 신부님 계신 곳에서 다리를 벌리고 앉는 자세는 피하고 싶다는 생각이 들었다. 그래서 최대한 다리를 모으고 앉는 일본식의 꿇어앉는 자세로 앉았다. 그러던 중 옆 자리에 초면인 어떤 자매가 눈을 날카롭게 빛내며 리나를 위아래로 노려보는 것을 느꼈다. 리나는 자신이 무슨 실수를 했나 하는 생각에 매무

새를 가다듬었다. 그 사람은 간단한 다과가 제공될 때도 리나가 먹는 모습을 못마땅하다는 듯이 쳐다보았다. 그때는 크게 개의치 않았으나 훗날 어느 시점에 그때의 장면이 떠올랐다.

또 언젠가 신부님이 흥분해서 소리치는 것을 들은 적이 있었다.

〈자살하면 너희들이 책임져라!〉

신부님의 그렇게 격앙된 모습은 본 적이 없었다. 당시는 왜 그런 말씀을 하시는지 알 수는 없었고 자신과는 상관없는 일이라 생각했다.

성당에서부터 뭔가 잘못되었다는 것을 뒤늦게 인정할 수밖에 없었다. 그것도 신부님이 그런 소리를 질러야 할 정도로 끔찍한 것들이란 생각이 들었다. 신부님이 리나에 대해 뭔가 일을 벌였고 거기에 성당의 몇몇 사람들이 개입되었을 거라는 사실을 알았다. 그리고 그들이 일으킨 차별과 증오와 의심의 물결이 여러 사람들을 움직이며 퍼져 나갔다는 사실도 느꼈다. 그것을 리나는 그 학원 사람들의 만행을 통해서 뒤늦게야 알게 된 것이었다. 그 물결은 리나가 짐작도 가늠도 할 수 없는 속도와 범위로 계속 퍼져나가고 있었다.

9

아프기
시작하다

9. 아프기 시작하다

마침내 리나는 그 학원을 그만두고 나왔다. 충격 받고 지쳐버린 리나를 두고 그들은 마지막까지 트집 잡고 갖은 수를 썼다. 끔찍스러웠다. 성당에서 비롯된 일이 어이없는 방향으로 벌어지고 있는 것을 감 잡은 것도 충격이었지만, 그 사람들의 행태 자체가 더한 충격이었다. 떠나는 날에도 Y는 또 무슨 흉계를 꾸몄는지 리나가 외국인 강사들에게 말을 건네는 것을 온몸으로 막으려 들었다. 그럼에도 리나가 외국인 강사들에게 작별인사를 건네자 Y는 실패했다는 듯 홀의 소파에 꼬꾸

라져 있었다. 그런 Y를 한 외국인 강사는 화난 듯 노려
보았다. 수업을 맡아줄 후임자가 온 바로 그 날, 리나는
그들 일당 외의 동료들 한 사람 한 사람에게 악수를 하
고 떠났다.

그날 리나는 자신의 책상을 정리하면서 책 한 권을
가운데 남겨두었다. 그 책은 강사들의 영어 학습을 위
해 개개인에게 지급된 책이었는데 언젠가 리나가 원장
에게 그 책을 가져도 되냐고 묻자 원장은 대답을 하지
않았다. 공부할 정신이 있을 때는 아니었지만 리나는
그 책이 마음에 들었다. 하지만 원장이 거절하는 것으
로 알고 남겨두기로 했다.

일단 나오게 되니 한결 나았다. 그 학원의 못된 사람
들에 대한 일은 찬찬히 생각해 보고 싶었다. 괘씸하기
도 했지만 자신에게는 그런 조직폭력배 같은 사람들하
고 싸우는 것보다 당장 중요한 일들이 많다고 느꼈다.
신부님이 중요했고 자신의 미래가 중요했다. 지금 리나
가 이 일을 밝히고 문제를 삼으려 한다면 곤란해질 사

울지 않겠다고 결심한 날

람은 신부님이라는 생각도 들었다. 그러나 리나는 그때까지도 그 원장이 얼마나 편집광적이고 집요하며 Y, Z, X가 야비하고 무모한 사람들인지를 깨닫지 못하고 있었다.

전화를 하니 끊어버린 신부님의 태도에서 절망을 느꼈지만 이 지경 속에서 자신을 도와줄 사람은 신부님밖에 없다는 생각이 들었다. 전화를 끊어버리는 것도 어쩔 수 없는 이유가 있을 것이라고 스스로 위안했다. 할 수 있는 건 몇 통의 편지를 더 보내는 것밖에 없었다. 편지들이 신부님에게 전달이 제대로 될 수 있을지도 알 수 없었다.

시간이 지나면 좋아질 거라는 생각도 들었다. 일단 예정대로 이 도시를 떠나 부모님 댁으로 가기로 했다. 무슨 일을 하든지 간에 영어를 더 공부해야겠다는 생각이 들었다. 그 학원에서 영어 회화 능력의 부족을 절실히 느꼈다. 그러나 충격으로 인해 심신은 많이 쇠약해진 상태였다. 그런 중에 어떤 대화도 거부하는 이 신부님의 태도는 견딜 수 없이 힘들었다. 왜 그런 일을 벌였는지, 이 상황에서 어떻게 해야 좋은 지라도 얘길 듣고 싶었으나 통화도 할 수 없었다. 점점 몸과 마음 모두가 견디기 어려운 상태가 되었다. 얼마 뒤부터 리나는 병원에 가서 심리를 안정시키는 약을 처방받아 먹어야 했다.

그때 한국은 전국적으로 인터넷이 활발하게 사용되고 있었고 인터넷의 역기능도 종종 문제가 되곤 했다. 특히 여자들이 자신도 모르게 나도는 사진이나 영상으로 곤욕을 치르는 일은 드물지 않았다. 리나도 인터넷이 의심스럽긴 했지만 스스로 볼 때 특별히 눈에 띄는 건 없었고 처음에는 설령 나쁜 사람들이 설쳐봐야 얼마나 설치겠나 하는 생각도 들었다.

그러나 자신 앞에서 부자연스러운 말과 행동을 하는 사람들이 늘고 있다는 것을 느꼈다. 무언가를 시험하는 것처럼 두서없는 질문을 하거나 눈을 빤히 들여다보거나 자기 신체를 어색하게 움직이는 사람들도 있었다.

울지 않겠다고 결심한 날

이미 성적인 부분이 개입되었다는 사실을 알고 있었던 리나는 반복되는 행태들을 보며 그들이 왜 저러는지를 막연히 짐작해 보면서 끝없이 불안해지고 경직되었다.

몸이 아프고 마음은 편치 못해서였을까. 좋지 않은 일들을 계속해서 일어났다. 어쩔 때는 그 학원의 연장 선상에 있는 것 같은 느낌이 들기도 했다. 가령 Y가 리나가 다른 이에게 말을 하는 것을 막으려 했던 것처럼 그런 비슷한 행동을 하는 사람들을 다른 곳에서 경험 했다. 그리고 Y는 리나가 복잡한 일들을 겪으며 어지러 울 지경이라 강사실 책상 위에 엎드려 있기라도 하면 자신이 듣는 오디오 프로그램을 크게 트는 짓을 하기 도 했는데, 꼭 그런 식의 의도적인 방해를 하는 사람들 을 만나기도 했다.

Z의 경우 일을 꾸미면서 다른 이들의 표정까지 조 종할 정도였는데 마치 그런 식의 부자연스러운 표정을 짓는 사람들을 많이 만났다. 그 학원의 원장과 측근 강 사들이 어떤 방법으로 다른 곳의 사람들까지 조종하며

장난을 치고 있다는 느낌을 받았다. 어쩔 때는 실없이 리나 주변을 맴도는 사람들이 있었는데 그들 중에는 신기하게 그 측근 강사 일부의 가족이라 해도 믿을 것 같이 생긴 사람들도 있었다.

곧 그들의 악의뿐만 아니라 누군가의 실수, 무지가 뒤섞인 범위를 알 수 없는 거대한 판이 벌어졌다. 누군가의 무책임하고 어리석은 행위에 의해서 촉발된 악은 걷잡을 수 없이 세력을 뻗쳤다. 지인들조차도 함부로 말하지 못하고 숨기려 하는 것들, 보이지 않는 폭탄들이 발밑에 깔려 있는 느낌이었다. 그들이 리나에게 사실대로 이야기하지 않은 데는 나름의 이유가 있었겠지만, 알고 지내던 사람들이 방관자의 입장에 섰을지도 모른다는 사실은 리나에게 두고두고 아픔이 되었다.

아무도 공포심에 시달리는 리나에게 객관적인 사실을 말해주지 않았다. 차라리 사실들을 알았다면 그 공포심은 덜했을지도 모른다. 그런 상태에서 무지하고 고립되고 힘없어 보이는, 또는 그렇다고 말해지는 한 인

울지 않겠다고 결심한 날

간을 짓밟지 못해 안달하는 자들만 기승을 부렸다. 그렇지 않은 사람들도 있었겠지만 광기어린 폭력을 휘두르는 자들의 힘이 더 가까이 있었다. 그들은 그렇지 않은 사람들에 비할 수 없이 적극적으로 행동하고 있었다. 그렇다고 제대로 아는 것이 없는 상태에서 리나가 무엇을 안다고 나설 수도 없었다. 리나가 무엇을 안다고 하면 또다시 다른 차원의 폭력을 휘두를 사람들인데 리나는 사실을 알지도 못했다.

부모님 집을 떠나 다른 도시에 있는 한 친구 집에 머물렀다. 대학 2학년 때 같은 방 룸메이트를 하면서 친구가 된 사이였다. 리나는 부모님과 있는 것도 마뜩치 않았고 그렇다고 혼자 있고 싶지가 않았다. 긴 시간의 운전이 어떻게 끝났는지도 모르게 머릿속에 아무 생각도 없이 친구의 집을 찾은 첫 날 밤이었다. 친구는 리나를 위해 자신의 이부자리 옆에 따뜻한 새 이부자리를 준비해놓고 있었다.

리나는 간만에 깊고 편안한 잠을 잤다. 마침 그 집에

는 친구의 남동생도 있었다. 친구와 동생은 지치고 아픈 리나를 가족처럼 대해주었다. 병원을 가기 위해 부산을 갔다 올 때 말고는 친구와 계속 함께 지냈다.

KTX 열차를 타고 부산을 오갈 때면 거기서도 편치는 못했다. 운이 없었는지 의도된 뭔가가 있었는지 매너 없는 사람들과 자주 접했다. 어느 날 옆자리 남자는 노트북을 펴놓고 한 순간도 쉬지 않고 리나를 힐끔거리고 있었다. 노트북이 없으면 모르지만 노트북을 폈다는 것은 사용의 목적이 있다는 건데 그걸 안 보고 자신만 쳐다보니 무슨 변태성 있는 사람 같았다. 그런데 그 사람은 어디선가 본 듯하기도 했다. 그렇다면 그도 누군가의 사주를 받고 저런다는 소리지 않나 싶으니 더 소름끼쳤다.

어느 때는 수녀복을 입은 여성이 잠깐도 쉬지 않고 관상 보듯 리나 얼굴을 쳐다보고 있기도 했다. 이 일 외에도 타인에게는 인격이 있다는 걸 모르는 듯한 사람들이 유독 그 시기에 어디서든 많이 보였다. 학원의 악

울지 않겠다고 결심한 날

당들이 그랬듯이 그들에게 리나라는 사람의 실체는 아무 의미가 없었다. 단지 리나를 그들이 원하는 어떤 프레임에 끼어 맞추기 위해 혈안이 되어 있었다. 꼭 영화 속의 감염된 좀비들을 보는 느낌이었다. 비현실적인 일들이 하도 계속해서 일어나다 보니 리나는 지치면서도 어느 정도는 거기 익숙해지는 듯했다. 정상적이지 못한 눈빛을 빛내는 그런 사람들이 주위에 맴돌든 말든 리나는 과거의 기억 속에 잠기고 있었다.

10

과
거
의

기
억

속
으
로

10. 과거의 기억 속으로

19세의 리나는 서울행 새마을호 기차를 타고 있었다. 서울이 가까워지면서 창밖에는 우중충한 콘크리트 건물들이 많아졌다. 하늘은 어두웠고 다가오는 거대한 도시는 암울하게 느껴졌다. 대학 입학을 앞두고 서울로 가는 것이었지만 리나는 막막하고 슬프기만 했다.

예술고등학교를 다니다가 음악대학 입시에 떨어진 리나는 생각지 않았던 일반 학과에 들어가게 되었다. 리나는 재수를 해서 다음 해라도 음악대학을 가고 싶었다. 좋은 대학이 아니더라도 음악대학을 가고 싶었다. 그렇지만 어머니는 어느 대학이든 들어가서 얼른 졸업하기를 바랐다.

리나가 어려서 음악을 시작하게 된 계기는 어머니의 악기 판매 사업 때문이었다. 음악 학원장 같은 사람들과의 교분이 필요했기 때문이었다. 리나는 어머니가 시키는 대로 동네 대부분의 음악학원을 차례로 다녔다. 이와 더불어 어머니는 리나에게 음악가의 꿈을 심기도 했지만 정작 리나가 음악을 배워가는 과정에는 무관심했다. 그렇지만 어머니를 탓할 것은 아닌 것이 문제는 리나 자신이 음악적 재능이 별로 없다는 사실이었다. 피아노를 하다가 좀 더 커서는 오보에를 배웠다. 리나는 오보에의 아름다운 음색에 매료되었고 악기의 무게를 받치는 손가락의 관절이 나빠질 정도로 열심히 연습을 했다.

치열하게 했지만 리나 스스로도 자신이 뛰어난 독주자가 될 수 없다는 사실은 잘 알고 있었다. 사람들이

울지 않겠다고 결심한 날

보통 수준으로 여기는 전업 클래식 연주가들이라 해도 그들 대부분이 타고난 재능 위에 혹독한 수련을 거친 사람들이라는 것을 알고 있었다. 리나가 오보에를 할 때 미래의 꿈이라면 대학 졸업 후 시골학교 음악 선생님 정도가 될 수 있으면 좋겠다였다. 음악과 함께 조용히 평화롭게 사는 삶이 자신한테 맞을 것 같았다. 더 어릴 때는 뭔가 신나고 멋진 일을 하고 싶다는 상상을 하기도 했지만 10대 중반을 넘어 자신에 대해 진지하게 생각해본 결과는 그것이었다.

그런데 오보에라는 흔하지 않은 악기를 배우면서 리나는 예상치 못했던 관심을 받게 되었다. 학교 친구들이며 선생님들도 리나의 선택을 평범하지 않게 받아들였다. 초등학교에 들어가기도 전부터 음악을 시작했던 리나 자신에게 음악 전공을 선택한 것은 이상한 일은 아니었다. 그러나 획일화된 입시 환경에 놓인 학교 문화에서 그런 특수한 악기를 배운다는 것은 남달라 보이기도 했다. 게다가 리나는 어머니의 권유로 예술고로 전학을 가게 되었다. 리나는 예술고로 전학 간다는 것이 가능하다는 사실도 알지 못했지만 어머니는 오랫동안 악기상을 하면서 음악 교육과 관련된 일들을 잘 알고 있었다. 실제로 전학을 가게 되었을 때 주변 이들에게는 작은 사건이 되었다. 인문계고에서 예술고로의 전학이란 것은 흔하지 않았기 때문이었다.

그러다 서울의 한 음악 대학을 지원했으나 실패했고 곧 어머니로부터 음악은 그만두라는 언질을 받았다. 오보에같이 비용이 많이 드는 악기를 혼자 힘으로 계속한다는 것은 상상할 수가 없었다. 입학할 대학이 있었고 오랜 전통을 가진 좋은 학교였지만 리나는 뼈아픈 좌절감에 빠져 있었다. 음악은 리나가 무척 사랑했던 것이었다. 말수가 적고 외로웠던 리나에게 위로가 되어 준 것이기도 했다.

음악을 그만두라는 말을 들은 다음 날 리나는 가출을 했다. 집에서 멀리 도망가야겠다는 생각에 기차역으로 가서 무작정 기차를 탔다. 어느 낯선 도시에 내렸지만 가진 돈으로는 딱히 오래 머물 수도 없고, 아버지에게 붙들리면 크게 혼만 날 것이 내내 두려웠다. 영화관에 가서 영화를 보고 도시의 공원들을 산책하며 시간을 보냈고 밤에는 여관에서 잠을 잤다. 그러다 사나흘만에 집에 돌아왔다. 돌아온 리나를 보고 아버지는 이렇게 말했다.

〈다리몽둥이를 부러뜨려야 하는데 내 참겠다.〉

이런 우여곡절 끝에 생각지 않았던 학교를 입학하게되니 준비한 것도 없었다. 서울이라는 낯선 거대한 도시에서 새로운 생활을 시작해야 하는데도 리나는 당장의 현실적인 문제는 알지도 못했고 별로 관심이 없었다. 앞날을 생각하면 막막하고 답답할 뿐이었다.

당장 서울에서 지낼 곳은 언니의 자취집이었다. 언니의 대학 후문에 있는 작은 집이었는데 리나의 대학과는 전철로 한 시간을 넘게 가야 하는 거리였다. 리나는 서울의 복잡한 노선의 전철도 낯설어하는 시골뜨기였기에 학교 가는 것도 쉽지 않았다. 등교시간의 끔찍하게 붐비는 전철은 숨이 막히고 어지러울 지경이었다. 그러던 중 언니는 영국에 갈 계획을 세우고 학교를 휴학하고 떠났다. 리나는 혼자 남게 되었다.

대학 생활이란 것을 어떻게 하면 잘 하나 알아보지도 않고 무작정 학교를 다녔다. 한 학기도 가지 못해 학교생활에 흥미를 잃었다. 자신이 왜 이런 공부를 하고 있어야 하는지 알 수가 없었다. 그렇다고 다른 뾰족한 수가 있는 것도 아니었다. 서울은 여전히 거대하고 어두운 공간으로 느껴졌고 그곳에서 무얼 해야 할지 모르는 리나는 마치 길 잃은 어린 아이의 심정이었다.

그 무렵 생생한 꿈을 꾸었다. 꿈속에서 리나는 학관이라 불리는 인문대학 건물의 길고 복잡한 복도를 뛰어가고 있었다. 다른 사람은 없었고 어두웠다. 나갈 문을 찾아 정신없이 뛰어다녔다. 그러다 복도 끝의 육중한 문을 밀었다. 문이 열리자 거대한 검푸른 물이 펼쳐져 있었다. 그 위에는 어둡고 구름 낀 하늘이 낮게 드리워져 있었다. 스산한 바람이 불었다. 리나는 외롭고 막

울지 않겠다고 결심한 날

막한 심정으로 그 앞에 서 있었다. 기력이 빠진 채 잠에서 깨었다.

그 해의 여름은 기록적으로 더웠다. 서울보다는 평균적으로 시원한 남쪽에서 온 리나는 살인적인 더위를 감당을 못한 채 환자처럼 여름을 보냈다. 리나는 다른 엉뚱한 생각들을 하기 시작했다. 학교를 때려치우고 다른 걸 할까, 음악을 계속할 방법이 있을까, 여비를 마련해서 외국에 가서 돌아오지 말까 등 끝도 없었다. 학교 생활은 더욱 싫어졌고 리나는 2학기에 휴학을 해버렸다. 부모와의 사이도 좋지 않았던 데다가 집에서는 다른 사업을 준비하느라 정신없어서 리나에게 신경 쓰는 사람은 없었다.

누구에게 알리지도 않고 휴학을 한 리나는 단순한 아르바이트들을 했다. 커피숍에서도 일했고 식당에서도 잠시 일했다. 이런 일이라도 하면서 도시 구경, 사람 구경을 하는 것이 학교 다니는 것보다 차라리 나았다. 그러다 어느 날 커피숍에서 함께 일했던 여자 아이의 연락을 받고 만났는데 그 아이가 리나에게 페이가 좋은 아르바이트를 소개시켜주겠다고 했다.

〈따라와, 재미있을 거야.〉

〈뭐하는 곳이야?〉

〈힘든 일은 별로 없어. 그냥 시키는 대로 하면 돼. 고급식당 비슷한 데야. 아무나 써주지 않으니까 말 잘 들어.〉

그 아이는 익숙한 듯이 거침없이 앞장서서 걸어갔다. 그러다 어느 건물의 지하 공간으로 쑥 들어갔다. 입구 쪽은 불이 켜져 있었지만 안쪽은 어두워서 어떤 공간인지 알 수가 없었다. 매니저 같은 사람이 나타나서 리나를 만났다.

그는 당장 일하라며 상냥하게 권했다. 단, 미성년자임을 함부로 말하지 말라고 했다. 그는 리나를 그날 저

녁 때까지 기다리게 했다. 정말로 이상한 곳이었다. 어
둡고, 은밀하고, 도수 높은 술들이 제공되었고 그 외의
것도 있었다.

처음에는 망설여지기도 했지만 한편으로 아무려면
어떠냐 싶었다. 그렇게 일을 시작했지만 시간이 지날수
록 좋지 않은 일이라는 생각이 들었다. 곧 그만두긴 했
지만 그곳에서는 여러 이유를 대며 한동안 계속 연락
이 왔다. 리나는 조금씩 불안한 마음이 생기기 시작했
다. 얼마 뒤 나오지 않으면 안 된다는 끈질긴 연락에 다
시 가본 뒤 그곳이 어떤 의미의 장소인지만 정확히 깨
닫게 되었다. 연락처를 없애고 발길을 끊었다. 그리고
시간이 조금 흐른 뒤부터 돌이킬 수 없는 실수를 했다
는 생각에 두려웠다. 이 두려움은 생각보다 깊었고 오
래 갔다.

그 당시의 리나는 성이라는 게 단순한 육체적 유
희 외에 무슨 의미가 있는 거지 하는 생각도 하고 있었
다. 더 나아가 리나 스스로도 파악하지 못했던 무언가

가, 호기심과 평범한 성적 욕구 이상의 무언가가 일탈을 가능하게 했다. 얼마 후에야 성은 다른 중요한 점들을 내포하고 있다는 사실을 알았다. 적어도 그런 식으로 해서는 안 되는 거였다. 단순히 말하면 리나는 단단히 비뚤어져 있었다. 그 대가는 고스란히 리나의 영혼에 무거운 짐으로 돌아왔다.

11

협
박
자

11. 협박자

그곳을 나간 지 얼마 안 되었을 때 가방 속 수첩이 없어졌다는 사실을 알았다. 곧 한 남자에게서 수첩을 주겠다는 연락이 왔다. 나가보니 어떤 남자가 앉아 있었다. 그 이상한 곳에서 본 사람이었다. 그는 조곤조곤 말을 잘 했다. 처음에 자신의 결혼 여부는 얘기하지 않았다. 그는 리나에게 자주 연락을 해서 만나자고 했다. 몇 번 만나게 되었다.

그렇게 만나본 이성은 그가 처음이었다. 이성 문제

에 있어 리나가 어머니로부터 들은 조언은 많이 만나 보라는 정도였다. 연애 한번 제대로 못해 보고 결혼했다는 리나의 어머니는 그런 점을 후회스럽게 생각하는 듯했다.

그는 작은 체구에 거칠어 보이지 않았고 재미있을 때도 있었다. 그는 리나가 한 번도 가보지 못한 곳에 리나를 데려가기도 했다. 낡았지만 운치 있는 찻집과 오래된 기와집의 한식당 같은 곳들이었다. 아직 어린 리나에게는 어울리지 않는 곳이었지만 그런 경험들이 울적했던 리나를 즐겁게 만들어주기도 했다. 그러나 곧 그가 평범한 사람이 아니라는 것을 알게 되었다.

여자들의 소지품을 훔쳐서 접근하고 사생활을 엿보고 방해하는 일이 일상적인 사람이었다. 그때는 스토커라는 말이 널리 쓰이지도 않을 때긴 했지만 그런 타입의 사람이었다. 그는 잔인한 독재자를 추앙하는 특이한 취미가 있기도 했는데 갈수록 해괴한 말과 행동을 하기 시작했다. 숫자 암호문을 만들었다며 리나에게 건네

울지 않겠다고 결심한 날

준 후 하루에도 셀 수 없이 그 암호라는 숫자로 삐삐를 쳐대기도 했다. 리나가 만나는 사람들과의 관계를 다 파악하고 통제하려 들었다. 그가 자신에게 건네는 물이나 음료에 뭔지 모를 약물을 몰래 탄다는 사실도 알았다. 그가 성관계에 집착하는 것도 두려웠다. 리나는 겁이 나기 시작했다.

나중에 보니 그는 아내가 있는 사람이었는데 특이한 것은 자기가 만나는 여자들의 존재를 아내에게 어느 정도는 일부러 흘리며 아내를 심리적으로 괴롭혔다. 한 번은 의도적으로 자기 아내가 리나를 볼 기회를 만들기도 했다. 얼마지 않아 리나는 그가 위험하고 양심 없는 사람이라는 것을 깨달았다. 누군가를 괴롭히는 일에 동참하고 싶지도 않았다. 리나뿐만 아니라 이 일과 연관된 모든 사람들이 불행해지고 있었다. 그를 알게 된 지 세 달 정도 되었을 때 한 찻집에서였다. 리나가 그에게 말했다.

〈모든 게 너무 힘들어요. 더 만나지 못하겠어요.〉

그러나 그의 대답은 기가 막혔다.

〈왜? 스릴 있잖아.〉

리나는 대답했다.

〈나는 이상하게 살고 싶지 않아요.〉

〈생각보다 너무 빨리 끝나게 됐는 걸.〉

그는 리나를 놓아줄 생각이 전혀 없었다. 이후 리나
는 그를 만나지 않으려 했지만 그는 집요하게 주변을
맴돌며 흔적을 남겼다. 그는 직장이 있는 사람이었지
만 실제로 하는 일은 별로 없는지 시간을 자유롭게 쓰
는 편이었다. 그 시간들을 리나를 괴롭히는 데 쓰는 셈
이었다. 처음에는 그냥 만나달라는 식이었다. 그러나
그것은 곧 협박으로 바뀌었다. 너에 대한 파일을 관리
한다는 수준에서 시작했던 협박은 납치하겠다로 이어
졌다. 어느 권력기관에 아는 누가 있는데 그를 이용해

서 어떻게 하겠다는 소리도 했다. 리나가 어두운 곳에서 그와 같은 사람을 알게 되었다는 사실 자체를 두려워하고 후회한다는 것을 알고 있는 그는 주위에 자신의 존재를 폭로하겠다는 협박도 시작했다. 리나는 겁에 질렸다.

용의주도한 그는 리나의 가족과 친구들의 연락처까지 다 확보하고 있었고 리나가 자기 말을 안 들으면 연락해서 사람들을 의문스럽게 하는 소리들을 늘어놓았다. 어느 날은 어머니가 어떤 낯선 남자가 전화해서는 너에 대한 얘기를 하더라며 무슨 일인지를 묻기도 했다. 그러면 리나는 혹시라도 부모님이 자신의 잘못을 눈치 채는 일이 생길까봐 기겁을 했다. 친구, 지인들에게 전화를 해서는 음탕한 소리를 하거나 특별한 관계인 것처럼 얘기하며 리나의 인간관계를 망가뜨리고 조종하려 했다. 학교에까지 연락하는 것도 서슴지 않았다. 리나는 갈수록 무섭고 불안해졌다. 그는 리나를 협박하고 통제하는 방법을 동원하는 데 상상력을 아끼지 않았다.

그는 협박이 워낙 일상적이라 스스로 협박을 하고 있다는 죄의식도 전혀 못 느끼는 것 같았다. 마음껏 농락할 수 있는 노예 하나를 붙잡은 것처럼 의기양양해했다. 리나는 그의 스토킹과 협박에 시달리면서 도저히 일상적인 생활을 할 수가 없었다. 더 큰 문제는 자신이 큰 실수를 했다는 생각에 주위에 도움을 청하지도 못했다. 그는 리나의 이런 심리를 잘 알고 있었다.

그러던 중 아버지와 전화통화를 한 일이 있었다. 리나는 큰 심리적 부담감에 시달리고 있었고 아버지와 통화 중에 자신도 모르게 울면서 이렇게 말했다.

〈아버지, 너무 힘들어요.〉

당연히 아버지는 리나가 무슨 일을 겪고 있는지 모르는 상태였다. 밑도 끝도 없이 내뱉은 리나의 말 한마디는 평소에는 조용한 아버지의 심기를 자극했다. 이 애가 학교만 잘 다니면 될 것을 딴 생각을 한다는 생각에 리나의 아버지는 화가 났는지도 모르겠다. 〈뭐가 힘

울지 않겠다고 결심한 날

들단 말이냐!〉 아버지는 무섭게 소리를 질렀다. 리나는 기운 없이 수화기를 내려놓았다. 리나는 생각했다. 지금까지 아버지에게 힘들다는 말을 한 적이 있었을까? 아버지와의 대화도 드물기도 했거니와 아마도 처음이었을 것이다.

그 협박자는 여러 경로를 통해 여자들을 만나고 다니면서 주로 리나처럼 불안정한 상태에 있는 어린 여자들에게 접근했다. 처음에는 친절한 척 접근해서 상대가 마음을 놓으면 그때부터 본색을 드러냈다. 상대에 따라 늘 성공적일 수는 없었을 것이다. 리나는 어쩌면 그에게는 가장 성공적인 포획물이었다. 그래서 더욱 집착했고 그걸 그 사람은 사랑이라고 여겼는지도 모른다. 리나가 이사를 하거나 전화번호를 바꾸면 기어코 알아내 전화를 했다.

〈이 번호를 어떻게 알았죠?〉

그는 음침한 음성으로 대답했다.

〈니가 번호를 가르쳐준 거잖아.〉

이 남자가 이런 식으로 나올 때 리나는 그저 말문이
막힐 뿐이었다. 그는 자신이 리나를 특별하게 생각하기
때문에 집착하는 것처럼 말했지만 그건 사실이 아닌
걸로 보였다. 그가 애인이라고 부르는 다른 여자와의
일을 얘기하는 것을 좋아했기 때문에 자연히 알게 되
었다. 리나가 듣기에 그 여자와의 관계도 전혀 정상적
이지 못했다. 그는 그 여자의 생활도 틈틈이 감시했고
괴롭히고 있었다. 그 여자와 식당 화장실에서 성관계를
가진 적이 있다며 자랑스럽게 얘기하기도 했다. 그러면
서도 뭔가 잘못되면 그 여자 탓인냥 얘기했다. 언젠가
그는 진지하게 이렇게 말했다.

〈나는 나만을 사랑해줄 여자를 찾고 있어.〉

아내가 있으면서도 다른 여자들에게 집착과 학대를
거듭하는 자신을 그렇게 태연하게 설명하고 있었다.
그리고 그런 자신을 피하려는 리나를 〈이해할 수 없는

울지 않겠다고 결심한 날

애)라고 했다. 그는 자신이 얼마나 비정상적인 행동을 하고 있으며 당연히 리나가 자신을 멀리할 수밖에 없다는 사실을 인정하지 않으려 했다. 그 사람 머릿속 어딘가에는 리나가 자기 욕망을 채우기 위해 세상에 있는 존재라는 생각이 있는 것 같았다.

정상적인 행동을 전혀 하지 않는 사람에게 리나는 제대로 된 대응을 하나도 못 하고 있었다. 자신을 감시하고 장악하려는 남자를 리나는 그저 피하려고 하는 것이 전부였다. 그럴수록 그 남자는 리나를 자기 뜻대로 할 수 있다는 자신감을 얻는 것 같았다. 그리고 이런 이유로 그 남자가 자기보다 어리고 상황을 파악하고 대항할 능력이 부족한 사람, 바로 리나 같은 사람에게 집착하는 것이기도 했다.

학교를 다시 다니고 있던 리나는 견디지 못하고 다시 휴학을 했다. 음악을 하는 데 실패하기는 했어도 대학을 입학하면 뭔가 달라질 수 있을 거란 기대가 있었는데 더 끔찍한 일에 말려들었다는 사실이 기가 막혔다. 무엇을 해야 할지, 어떻게 살아야 할지 알 수가 없었다. 일상생활을 제대로 할 수 없을 정도로 무기력과 우울감에 시달렸다. 고향으로 내려갈 수밖에 없었다. 고향에서 만난 가족들은 리나가 왜 이러는지를 알지 못했다. 어머니와의 다툼만 벌어졌고 가족의 권유로 우울증 치료를 한동안 받다가 복학했다.

이상한 것은 여전히 자신의 행방을 찾고 있는 그가 끔찍스러우면서도 어쩔 때는 자신에게는 그 사람이라도 만나는 게 나을 것 같다는 생각이 들기도 했다. 휴학을 반복하면서 친구들과도 멀어졌고 학교를 다니고는 있었지만 공부를 제대로 하는 것도 아니었다. 그만큼 리나는 외롭고 갈피를 잡지 못하는 상황 속에 있었다.

다시 만난 그는 리나가 자신에게서 다시 벗어날 거라는 생각에 분개하며 리나를 괴롭혔다. 우울증 약은 계속 먹고 있었고 그는 리나를 철저히 장악하려는 야비한 행동들로 리나를 더욱 고립시키고 파괴적인 영향을 끼쳤다. 리나가 통화를 한 곳을 알아내 자신이 다시

울지 않겠다고 결심한 날

전화를 해 보는 일을 당연한 듯 저질렀다. 때로 상대가 친척이건 학원이건 리나에 대해 묻고 의문스런 말을 남기는 것도 잊지 않았다. 수시로 리나의 소지품을 뒤지고 뭔가를 가져가지도 했다. 리나는 몸서리치며 그에게서 다시 달아났다.

이후에도 그는 리나가 이사한 집 주소나 바꾼 연락처를 쉽사리 알아내곤 했다. 그 외에도 그는 여러 가지 개인 정보를 알아내는 데 능숙했다. 리나는 이런 일들을 겪으면서 일상생활 전반에 불안이 많은 사람이 되었다. 개인적인 정보가 노출되는 것은 되도록 피하고 무슨 비밀번호건 자주 바꾸었다. 마지막으로 그를 만났을 때였다.

〈언젠가 재미있는 일이 생길 거야.〉

야릇한 웃음을 흘리며 그가 말했다. 그의 말은 쉽게 잊히지 않았다.

다행히 세월이 흐르고 그의 존재감이 조금씩 멀어져갔다. 리나는 학교를 계속 다닐 수 있었다. 마침내 졸업하고 취직을 했다.

훗날 생각해보면 그는 자기보다 훨씬 어린 여자들이나 쫓아다니며 괴롭히는 파렴치한이었다. 그런데 그 시절의 리나는 그런 자의 협박에도 꼼짝 못할 정도로 자신의 실수에만 주목을 하고 있었다. 자신의 실수에만 주목하는 자세는 그 사람 이후에도 속이 검은 사람들이 리나를 괴롭히는 빌미가 되었다.

시간이 지나도 대학시절 초반에 벌어진 좋지 않은 일들의 기억들은 언뜻언뜻 리나를 괴롭혔다. 첫 번째로 일했던 회사가 강남 테헤란로에 있었는데, 어쩔 때는 건널목 신호등이 바뀌기를 기다리고 서 있다가도 길바닥에 주저앉아 통곡하고 싶을 때도 있었다. 왜 그런 일이 생겼을까? 왜 그랬을까? 가슴을 치며 울고 싶었다. 그런 심정에서 별로 나아질 게 없는 채로 몇 년간의 세월이 흘렀다.

울지 않겠다고 결심한 날

그러던 어느 날이었다. 낯선 이메일이 왔다. 그 사람이었다. 또 어디선가 개인정보를 훔쳐 이메일 주소를 알아낸 것이었다. 그는 이메일을 통해 처음부터 모욕적이고 강도 높은 협박을 계속 이어나갔다. 그의 폭력적 언사에 리나는 과거의 두려운 일들이 살아남과 동시에 몸의 한쪽이 무너지는 것 같은 충격을 받았다. 그는 곧 리나가 다니는 회사도 찾아낼 기세였다. 그는 리나가 절대 어쩔 수 없는 강력한 힘을 가진 것처럼 자신만만해했다. 발을 굴리며 낄낄거리는 그의 웃음소리가 들리는 듯했다. 동시에 리나를 압박하기 위해서 리나의 언니에게도 이메일을 보내고 부모의 주소지로는 내용이 공개되는 엽서를 여러 통 보냈다.

　리나는 예전처럼 말려들 수는 없다고 결심했다. 그러지 못하면 다시 모든 것이 무너지고 평생을 끌려 다닐 거라는 절박감이 들었다. 이 사람을 막을 수 있는 것은 법밖에 없다는 생각이 들었다. 그 과정에서 이 일이 몇몇 사람들에게 알려진다는 것은 싫었지만 어쩔 수 없었다. 가족과 모교의 명예가 다치는 것이 무엇보다

가슴 아팠다. 자신으로 인해 가족의 얼굴에 먹칠을 하고, 모교의 오랜 훌륭한 전통에 누가 되는 일이 벌어질까 두려웠다. 그러나 지금 상태로 계속 갈 수는 없었다.

옛날의 일은 언급할 것 없이 지금의 협박 사실 만으로 신고를 하기로 했다. 처음에는 어느 경찰서를 찾아가야 하는지도 알지 못했다. 처음 찾아간 두 곳에서는 관할서가 아니니 다른 곳으로 가라고 했다. 그렇게 며칠을 헤매다가 한 곳의 경찰서에서 형사를 만날 수 있었다. 경찰에서 조사를 받을 때서야 형사의 질문에 따라 과거의 일들까지 얘기하게 되었다. 말하기도 부끄럽고 힘들었지만 기억을 더듬으며 정확하게 말하려 노력했다. 다만 자신이 미성년의 나이에 왜 그런 안 좋은 곳을 나갔는지에 대한 이유만 사실대로 말하지 못했다. 〈방황하다 별 생각 없이 그랬어요.〉라고 하면 자신을 정말 이상한 여자로 볼 것 같아서 두려웠다. 그래서 그럴 수밖에 없는 어려운 형편이었던 것처럼 말했다. 경찰은 리나가 애초에 제기한 문제인 협박 외에도 그 자에게 다른 혐의가 있는지를 조사했다. 그러나 이

울지 않겠다고 결심한 날

번의 협박에서 리나는 그를 한 번도 만나주지 않았으
므로 그가 리나에게 다른 피해를 입힐 수는 없었다.

목적이 실현되지 않은 상습적 협박뿐이었지만 사안
이 가볍지 않다고 보였는지 그는 구속되어 재판을 받
았다. 리나는 그제야 한숨을 돌렸다. 그러나 나쁜 일은
계속되었다. 시간이 지나 그가 무죄 판결을 받은 후 감
옥에서 나왔고 또 좋지 않은 일이 벌어졌다. 그는 반성
이 조금도 없는 채로 자신이 벌을 받았다는 사실만 분
개해했다. 다시 리나는 어떤 계정으로부터 모욕적인 협
박 이메일들을 받았다. 그 남자가 아니면 쓸 수 없는 내
용들이었다.

마침내 그를 만난 자리였다. 리나가 옆에 있던 물건
을 들고 그를 때렸다. 그는 곧장 경찰서로 달려가 자기
가 일방적인 피해를 보았다는 주장을 하며 신고를 했
다. 이번엔 리나가 체포되었다. 한동안 경찰서 유치장
에 있다가 구치소로 이송되었다. 경찰서 유치장에 있을
때는 추위에 잠을 잘 수가 없었다. 온 몸을 새우처럼 웅

크리고 떨면서 밤을 새다시피 했다. 일이 어떻게 되어 가는지 알 수 없었다. 살이 빠져 순식간에 말라비틀어진 몸이 되었다.

처음에 그 남자의 주장만 들은 형사들은 리나를 보는 시선이 날카롭기만 했다. 그러나 곧 그의 주장에 문제가 많다는 것이 드러나기 시작했다. 또한 이번 사건이 그 직전의 협박건과 맞물려 있다는 사실이 밝혀지면서 형사들은 좀 더 차분하게 사건을 처리해 나갔다.

그동안 리나는 구치소로 이송되었다. 구치소에서의 생활은 경찰서 유치장에서보다는 조금 나았다. 작은 방에서 운동할 시간도 주어졌고 자주는 아니지만 목욕도 할 수 있었다. 편지를 보낼 수도 있었고 책도 읽을 수 있었다. 줄었던 체중도 조금씩 늘었다. 한 방에 비좁을 정도로 여러 명의 여성들이 있었는데 간통, 교통사고, 식품위생법 위반 등 여러 가지 이유로 들어와 있었다. 다른 방에 비하면 경미한 일로 들어온 사람들이니 다행으로 여기라고 했다.

처음에 그들과 이야기를 나누며 리나도 좀 안정되는 듯 했지만 시간이 지날수록 답답함과 우울함을 견디기 힘들었다. 어느 날 기운 없이 구석에 앉아 있던 리나는 자신도 모르게 벽에 머리를 쿵쿵 찍었다. 그 모습을 본 아줌마 하나가 눈을 동그랗게 뜨고 그러다가 다른 방으로 갈 수도 있다고 조심하라고 했다. 리나도 스스로 자제하려 노력했다.

사건은 검찰로 넘어갔고 리나는 검사실에서 몇 차례 조사를 받았다. 리나가 볼 때 검사는 기존의 것들 외에 여러 가지 의혹을 가지고 있는 것 같았다. 남자와 리나의 머리털을 가져가 약물 검사를 하기도 했다. 리나는 자신이 마약 같은 것을 하는 사람도 아닌데 그런 의심까지 받는 것 같아 더 상심했다. 몇 주에 걸친 수사 후 검사는 폭행죄로 리나를 기소했다. 재판이 시작되고 구치소에 있던 리나는 보석 신청이 받아들여져 나올 수 있었다. 이어진 재판에서 리나의 변호사는 그 남자가 폭행의 원인을 제공했다고 주장했으나 판사는 폭행에 대한 유죄 판결을 내렸다. 집행유예이긴 했으나 가볍지 않는 형량이었다. 판사는 리나를 똑바로 쳐다보며 이렇게 말했다.

〈다시 그 남자를 마주치는 일을 피하라.〉

판사가 그 말을 하지 않더라도 리나도 당연히 바라는 바였다. 그와의 만남을 리나가 진심으로 바랐던 적은 없었다. 그 사람의 협박과 상황이 그렇게 만들었을 뿐이었다. 가능하다면 앞으로 그 남자가 리나에게 접근을 금지하는 명령이라도 받아내고 싶었다.

변호사는 어두운 얼굴로 형량이 예상보다 무겁게 나왔다고 말했다. 앞으로 수 년간 젊은 리나의 계획과 활동에 제약을 줄 수밖에 없는 것이었다. 리나는 재판의 결과를 받아들였고 항소 하지 않았다. 리나가 살면서 처음이자 마지막으로 받아 본 재판이었고 기억하고 싶지 않은 힘든 시간들이었다.

보석 허가를 받아 구치소에서 나오던 날 리나의 아

버지가 앞에서 기다리고 있었다. 그새 부쩍 늙어버린 듯한 모습이었다. 리나는 그런 아버지를 보자 마음이 아프면서도 리나가 어떤 입장이건 상관없이 나쁜 일이 벌어진 데 대해 불같은 성격의 아버지가 참았던 화를 터뜨릴 것 같아서 무섭기도 했다. 리나를 어디론가 끌고가 차라리 죽으라고 마구 두들겨 패거나 리나의 다리라도 부러뜨리겠다고 나올 것 같은 구체적인 두려움이었다. 그러면 협박 사건부터 시작해서 뒤이어 벌어진 구속과 재판에 이르기까지 충격을 받은 상태에서 벗어나지 못하고 있는 리나는 감당하지 못할 것 같았다. 그러나 리나의 아버지는 기운 없는 음성으로 이렇게 물었다.

〈배가 고프니? 뭘 좀 먹으러 갈까?〉

〈아니요….〉

리나는 아버지에게 부끄럽고 미안한 마음이 들었다. 아버지는 말을 이었다.

〈앞으로는 그런 일에 말려들지 말거라….〉

　말은 그렇게 해도 리나는 아버지가 리나에게 일방적
으로 폭행당했다고 주장하는 그 남자를 경찰서에서 만
났을 때 그의 멱살을 잡고 노여워했다는 사실을 알고
있었다. 형사들이 달려들어 아버지를 말려 큰일은 벌어
지지 않았다. 뒤늦게야 리나가 무슨 일을 당해왔는지
대충 알게 된 아버지였다. 두 사람은 함께 고향 집으로
향했다.

　　　　　　　　　울지 않겠다고 결심한 날

12

세월이
흐른
뒤

12. 세월이 흐른 뒤

성당에서의 일, 학원에서의 소동, 아팠던 일들이 수년의 시간들과 함께 지나갔다. 리나는 다시 안정을 찾고 그런대로 잘 지내고 있었다. 일도 하고 사람들과 어울리는 평범한 일상이었다.

초가을이었다. 주말 오전 늦잠을 자던 리나는 창을 통해서 들어오는 햇살을 받으며 몸을 뒤척였다.

수년 전 그 성당과 학원에서 일어난 일들과 그 이전

에 일어난 일들이 떠올랐다. 몇몇 사람들의 얼굴이 하나씩 생각났다. 각자 다 매우 다른 사람이었고 리나와의 관계도 각기 달랐지만 연이어 생각이 났다. 그 협박자의 음침한 얼굴, 처음 본 자신을 보고 고개 돌리던 신부님의 어두운 표정, 불만과 서글픔이 섞인 표정의 성당 아주머니의 퉁퉁한 얼굴, 리나가 영어로 한마디 하자 불편한 기색으로 고개를 돌리던 학원 원장의 모습.

이들과의 만남은 리나의 인생을 위태롭게 만들었다. 이들 중에는 협박자처럼 의도적으로 자신에게 접근해서 직접적이고 가시적인 가해를 한 사람도 있지만, 표면적으로는 자연스럽게 관계를 형성했던 사람들도 있었다.

제각각 매우 다른 사람들이었고 리나에 대한 역할의 차원도 달랐지만 놀랍게도 공통적인 무엇이 있었다. 그것이 무엇일까? 스르르륵 더 먼 옛날로 기억이 거슬러 올라갔다. 아주 어린 시절의 어렴풋한 기억들이었다.

울지 않겠다고 결심한 날

방 안에 한 사람이 있었다. 그 사람은 불만스럽고 화가 난 표정으로 고개를 숙이고 있었다. 리나는 그 사람이 자신을 봐주기를 간절히 바라고 있었다. 그러나 그 사람은 리나를 외면했다. 또 다른 장면이었다. 무언가를 하다가 리나를 힐끔 바라보는 그 사람의 눈이 빛났다. 고운 눈빛이 아니었다.

　　바로 리나 생애 초반의 경험이었다. 리나는 이해할 수 없는 어두움을 가진 사람 곁에 있었고 그 사람에게 다가가려 하고 있었다. 왜냐하면 그 사람이 아기였던 리나에게는 유일한 선택지이기 때문이었다. 그러나 그 사람은 끝없이 리나의 존재를 외면했고 좋지 않는 감정으로 리나를 대했다.

　　조금 더 시간이 흐른 후의 기억이다. 리나는 문자라는 것에 관심을 가지기 시작했던 것 같다. 글이 쓰인 종이나 책을 그 사람에게 가져가서 무엇인지 가르쳐주기를 바랐던 것 같다. 그때도 그 사람은 고개를 돌려 리나를 외면했다. 리나가 그쪽으로 따라가면 다시 다른 방

향으로 자세를 바꾸었다. 그 사람이 리나에게 전달하는 메시지는 분명했다. 〈묻지 마라. 요구하지 마라.〉

훗날의 리나는 희미한 기억 속의 어린 시기의 실패를 반복하면서 무언가를 완성시키려고 애쓰고 있었다. 그 사람을 많게든 적게든 닮은 사람들과의 인연은 그것과 뭔지 모를 관련이 있었다. 물론 리나가 그 사람들에게 일부러 다가갔던 것도 아니다. 정말 우연히 그때 그 자리에 있었기 때문에 만난 사람들이고 벌어진 일일 수도 있었다. 그 사람들이 리나의 사정을 알았던 것도 아니고 리나가 그들이 어떤 사람들인지 처음부터 알았던 것도 아니다. 그러나 알 수 없는 어둡고 강력한 힘이 서로를 관련짓도록 만들었다.

흐릿한 어린 시절의 기억 속의 그 사람이 누군지 리나는 알 수 없었다. 집안일을 해주기 위해 와 있던 사람일 수도 있다. 일하기도 바쁜데 아기가 귀찮았을지도 모른다. 실제로 리나가 어릴 무렵에는 어머니가 아픈 적도 있었고 집안 살림을 하는 사람들이 오갔다고 들었다.

자신을 끝없이 외면하고 이해할 수 없는 안 좋은 감
정을 드러내던 사람의 존재가 감지되기는 하지만, 리나
는 자신의 어린 시절이 그렇게 불행하기만 했다고 생
각해본 적은 없었다. 건강한 편이었고 많이 뛰어 놀았
다.

열 살 이전에는 남자 아이같이 굴었던 때도 있었다.
외할머니가 집에 와서 머물 때 리나를 보시고 이렇게
말했다.

⟨저게 고추를 달고 났어야 했는데…⟩

그 말은 리나에게 남자 아이처럼 굴어야겠다는 영감
비슷한 것을 주었다. 외할머니는 아들을 고대하던 중에
딸로 태어난 리나의 어머니를 죽으라고 방치할 정도로
처음부터 받아들이지 않았다. 외조부모가 심하긴 했지
만 딸을 바라지 않는 것은 그 시기에 드문 일이 아니었다. 세월이 지나 리나가 자랄 때만 해도 어떤 사람들은 집에 남자 아이가 없다는 것을 들으면 놀랍다는 표정을 지었다. 그때도 여전히 집안에는 아들이 있어야 한다는 생각을 하는 사람들이 많았다.

리나의 어머니는 리나를 임신했을 때 귀여운 남자 아이 사진을 구해서 늘 쳐다보며 남자 아기가 태어나기를 기원했다고 한다. 그런데 리나가 태어나자 기가 막혀 울음도 나오지 않을 정도였다고 한다. 이런 이야기들도 리나에게 영향을 주었던 것 같기도 하다. 거기다 타고난 성격 자체가 그리 얌전한 편은 아니었다. 만사에 호기심이 많았고, 새로운 곳을 탐험하는 것을 좋아했다.

그렇지만 조금 더 크면서 〈나도 여잔데.〉라는 생각을 하기 시작했던 것 같다. 어쩔 때는 좀 서글프기도 했다. 더 이상 남자 아이같이 굴기도 싫었고 간혹 어머니가 주는 남자 아이 옷을 입기도 싫었다. 그때는 유니섹스 모드라는 개념도 없던 시기였고 남아복, 여아복의

울지 않겠다고 결심한 날

구분이 분명하던 때였다. 한번은 어머니가 언니와 리나의 베갯잇을 사 왔는데 언니는 분홍색, 리나에게는 파란색을 쓰라고 했다. 그때 리나는 왜 나는 항상 파란색, 남색이어야 하냐고 울었다. 회색 남자 아이 점퍼를 입지 않겠다고 운 적도 있었다. 그 무렵부터 자신을 남자 아이라고 보는 어른들을 만나면 이렇게 말하기 시작했다.

〈나 여자예요!〉

그러면 어머니는 난처한 기색을 보였다. 그러나 리나가 여자라고 굳이 우기지 않아도 성장기를 거치며 자연스럽게 여성의 신체적 특징을 만들어 가고 있었다. 그러나 동시에 또 다른 문제들은 생겼다.

초등학교 고학년이 되면서 여학생들 사이에는 조용한 비밀이 하나씩 생겨나고 있었다. 바로 월경이었다. 화장실에 갈 때 가방 속에서 무언가를 조심스럽게 꺼내서 숨기듯 들고 갔다. 리나도 몇몇 친구들이 그런 비밀스런 동작들을 한다는 것을 느끼고 있었다. 그렇지만 그건 월경을 시작한 아이들끼리만 공유하는 이야기인 것 같았다. 월경이라는 것은 그 정도로 숨겨야만 하는 일이라고 자신도 모르게 배우게 되었다.

만 15세가 넘도록 월경이 없자 리나는 초조한 마음이 들었다. 다른 여자 아이들은 다 있는 게 왜 자신은 없는 건지 알 수가 없었다. 그러다 중학교 졸업을 코앞에 남겨둔 어느 날, 뭔가 속옷에 묻어나는 걸 발견하고는 화장실에서 울었다. 안도하는 마음이었던 것 같다. 그렇지만 그 후로 리나는 생리 기간마다 끔찍한 월경통을 겪었다. 그럴 때면 여자들이 어떻게 이 세상을 살아왔는지 알 수가 없을 정도였다. 한번은 월경 중 극심한 복통에 시달리다가 쓰러져서 병원 응급실에 실려간 적이 있었다. 의사는 대수롭지 않은 듯이 처치했다. 그 이후에도 리나가 만난 의사 중에 심한 월경통을 진지하게 여기는 사람은 없는 듯했다. 훗날 리나는 복막염으로 진행된 맹장염을 앓은 적이 있었다. 기분 나쁜 심한 통증이긴 했지만, 젊은 날 극심했던 월경통에 비

울지 않겠다고 결심한 날

하면 그렇게 아픈 것이 아니었다. 그 정도로 월경통은
가볍지 않았다.

리나는 분명히 여자였고 여자인 만큼 여성스럽고 싶
기도 했지만, 동시에 여자라는 사실이 불편하기도 했
다. 월경 때문에만 그렇다는 얘기가 아니다. 리나 어머
니의 어머니도 딸을 사랑해주지 않았고, 리나의 어머니
도 딸을 온전히 사랑해주지 못했다. 어머니 외의 세상
도 마찬가지였다. 그런 환경 속에서 겉으로 어떻게 보
이든지 간에 리나는 자신이 마음에 들지 않는 사람이
었다.

또한 그보다 더 깊은 부분에서부터 리나는 스스로를
사랑하지 못하고 있었다. 그것은 꼭 여자이기 때문이어
서는 아니었다. 급속히 도시화된 아파트 문화 속의 닫
힌 가정과 권위적인 사회 속에서 여자든 남자든 한 인
간으로서 위태롭게 성장하고 있었다.

리나는 대체로 말이 없는 아이였다. 친구들과 어울

리는 대신 혼자서 깨친 한글 실력으로 책을 읽거나 집의 동물들을 돌보는 것을 좋아했다. 여러 종류의 물고기와 새를 키웠다. 새는 십자매, 카나리아, 백문조, 잉꼬새까지 다 키워보았다. 십자매를 키울 때는 부화에 성공해서 새끼 십자매 두세 마리를 얻기도 했다. 막 알에서 깨어 나와 애벌레처럼 꼬물거리는 새끼들을 본 것은 리나에게 경이로운 경험이었다. 아파트 베란다에서 토끼를 키우기도 했다. 토끼에게 당근이며 야채를 사다 먹였는데 어떨 때는 시장의 채소가게에 가서 채소다듬고 남은 푸성귀를 얻어다 먹이기도 했다. 그럴 때면 주인은 동정어린 눈빛으로 어린 리나를 바라보았는데 그런 것들을 얻어다 국이라도 끓여먹나 생각했을 것이다.

중학교 때는 바우라는 개도 있었다. 리나가 처음으로 키워본 치와와 강아지였다. 바우와 함께 놀고 잤다. 어쩔 때는 바우가 진짜 사람처럼 느껴지기도 했다. 그런데 바우가 배변 훈련이 제대로 안 되어 집의 벽에다대고 오줌을 싸면서 문제가 되었다. 어머니가 집에 개

울지 않겠다고 결심한 날

오줌 냄새가 밴다는 이유로 바우를 키우지 못하게 한 것이다. 바우를 키울 의사가 있다는 다른 집으로 보냈다. 그렇게 바우와 헤어졌다. 그때까지 리나가 살면서 누군가와 이별하며 가장 큰 슬픔을 느꼈던 때였다. 리나는 더욱 외로워졌다. 음악이 유일한 위안이 되었다. 어릴 때부터 직업상 가족들과 떨어져 있는 시간이 많았던 아버지와는 늘 서먹하기만 했고, 어머니와의 사이도 갈수록 멀어졌다.

학교에서 별 문제는 없었고 성적도 좋은 편이었지만, 시험과 규율만 중시하는 학교 문화에 리나는 갈수록 숨막힘을 느꼈다. 갈수록 말을 잃었고 창 밖의 풍경만 쳐다보는 일이 잦아졌다. 고등학교를 빨리 졸업하기만을 바랐다. 역시 숨 막히는 집을 떠나고 독립할 수 있기를 꿈꾸었다.

13

미
완
의

성
장

13. 미완의 성장

마침내 몸은 다 크고 성인 여성의 몸을 갖추었지만 마음은 그 수준을 따라가지 못했다. 스스로 인정하지 않았을지라도 리나는 밖과 안이 부조화된 상태에 있었다. 건강하게 발육한 육체였지만 안은 전혀 어울리지 않는 요소들을 가지고 있었다.

내면과 외면의 부조화뿐만이 아니었다. 현실과 꿈이 부조화되었고 아무 준비 없이 19세부터 혼자 살아가야 했던 생활 전반이 불안정했다. 리나의 부모가 리나를 방기한 것은 아니었지만 대학 입학 이후부터 본격화된 부모와의 갈등은 상당기간 현실적인 생활을 일관적이지 못하고 불안정하게 만들었다. 동시에 리나는 자신의 부조화된 면과 불안정함을 가능한 외부에 드러내고 싶지가 않았다. 의식적이지는 않아도 그렇게 해야만 할 것처럼 느꼈다. 그건 성인이 되기 전부터 이미 익숙해진 일이었다.

내부의 약점을 드러내지 않으려는 외면의 모습이 자연스럽게 형성되었다. 그러나 사상누각이나 다를 바 없었다. 그런 중에 세상의 어떤 것들은 그 협박자처럼 리나 같은 약점을 가진 사람을 잘 알아보았고 꼬투리를 잡고 자신의 물건인냥 냉혹하게 굴었다. 그 결과는 혼자만의 어둡고 고통스러운 젊은 시기였다. 리나가 일본의 히키코모리(은둔형 외톨이)처럼 세상과 단절된 삶을 살았던 것은 아니었다. 학교를 다녔고 졸업 후에는 일을 했고 만나는 사람들도 있었다. 그러나 적어도 리나의 내면은 짙은 고독감과 외로움으로 가득 차 있었다.

그 여파는 리나를 자신의 종교적 환상을 실현하는 도구로 쓰려한 어떤 이와의 만남까지 더해져서 인생을 통째로 뒤흔드는 지경까지 갔다. 그의 의도는 선했는데 다른 나쁜 사람들 때문에 그런 일이 벌어졌던 것일까? 훗날의 리나는 그렇게 생각하지는 않았다. 어떤 숭고한 목적을 내세웠던지 간에 고해를 누설하는 행위는 그 스스로는 베푼다고 믿었던 진정한 사랑의 방식이 아니었다. 더 나쁘게 표현하면 그건 집단의 리더라는 자신의 영향력을 이용한 감시와 보이지 않는 폭력이었다. 당연히 최악의 결과를 불러올 수밖에 없었다. 오만하고 어리석은 선의식은 또한 어리석은 사람들 내면의 악을 일깨웠다. 그 악은 잔인하고 거대한 폭력의 형태로 리나를 덮쳤다.

리나는 신부가 그런 일을 벌일 것이라고는 상상도 하지 못했다. 그 신부가 왜 그런 일을 벌였는지, 상황이 나빠진 이후에 리나를 위해 어떤 노력을 했는지 리나는 정확히 알지 못한다. 뭔가를 했는지 무책임한 태도로 일관했는지도 알지 못한다. 그것은 리나의 잘못이 아니라 일이 터진 이후 신부가 리나와의 대화를 철저히 거부했기 때문에 어쩔 수 없는 일이었다.

리나가 고해소에서 스스로 죄의식을 느끼는 것들에 대한 고해를 했다는 이유로, 자신의 생각과 고민들이 담긴 편지를 신부에게 보냈다는 이유로 그 모든 대우를 받는 것이 마땅했던 것은 아니다. 그러나 그 신부는 스스로에게 그런 우월한 권리가 있다고 생각했다. 또한 리나는 그 신부뿐 아니라 많은 사람들에게 묻고 싶었다. 윤리적이든 무엇이든 죄를 지은 것 같고, 게다가 내 면적으로 허약해 보이기까지 하는 여자는 한 신부보다 인간으로서의 가치가 덜한 사람인가? 그 성당의 신도들보다 가치가 덜한 인간인가?

만일 그의 생각에 리나가 뭔가 문제가 있어 보였고 전하고 싶은 메시지가 있었다면 다른 사람들을 조종하려 할 것이 아니라 리나에게 직접 말했어야 했다. 성당을 다닐 당시 리나는 여러 명의 학생들을 개인적으로 가르치며 정상적인 사회생활을 하고 있었다. 가르치는

울지 않겠다고 결심한 날

사람으로서 자격이 충분하지는 않았지만 두 번의 세례를 받았던 그 해에도 1년을 가르쳐 대학 입시를 치른 고3 학생이 있을 정도였다. 고민은 많았지만 건강하게 지내고 있었다.

그렇다 해도 그때 리나가 눈길을 끄는 뭔가가 있어 보였을 수는 있다. 심리적으로 어려운 시기라 때때로 외로움에 빠져 있기도 했고, 그 외의 남달라 보이는 모습이 보였을 수도 있었다. 그 남달라 보이는 모습이 리나의 타고난 특성이나 성격인 것인지, 아니면 평범하지 않은 성장기와 충격적 사건을 거치며 누적된 내면의 문제인지 리나 자신도 알 수 없었다.

그러나 중요한 것은 리나는 대화하고 이해할 능력이 충분히 있었다는 사실이다. 비록 리나가 말이 적고 표현하는 방식이 서툴렀다 해도 리나는 보고 듣고 생각하고 있었다. 불행히도 그 신부는 리나를 소통 가능한 하나의 인간으로 보지 못했다.

그럼에도 결코 빼놓을 수 없는 사실은 그 신부가 자기 입장에서는 사랑을 주려고 무척 노력했다는 것이다. 리나는 그것을 느끼고 있었다. 그가 리나를 위해 많은 것을 준비해서 메시지를 던질 때도 있다는 것을 알고 있었다. 강론뿐만 아니라 그가 리나를 위해 하려했던 무언가들이 있다는 것을 리나는 느끼고 있었다. 그때까지 리나를 향해서 그런 순수한 의지를 가지고 사랑을 하고자 노력한 사람은 아무도 없었다. 당연히 리나는 그에게 깊은 감사의 마음을 가지고 있었다. 비록 그것이 무모하고 불완전했고 참혹한 결과를 낳았을 지라도 한때 그가 사랑에 대해 강력한 의지를 가졌던 것은 사실이었다. 역설적이게도 그가 남긴 고통스러운 시간을 리나가 견딜 수 있게 해준 힘 중 많은 부분은 리나에게 사랑이 전달되기를 바랐던 그의 간절한 마음이었다.

다시 세월이 흐르고 고통스러운 시간들은 더 멀어져갔다. 그 시간들이 리나를 성장시켰을 수도 있지만, 리나의 생명력을 좀먹고 좋은 기회들을 앗아가기도 했다. 리나가 분명히 알게 된 것 중 한 가지는 '내가 나 자

울지 않겠다고 결심한 날

신을 버리지 않는 이상 무엇도 나를 버리지 못한다'라는 것이다. 애초에 자신을 버리고 말고 할 것들은 있지도 않았다. 그러나 동시에 무엇을 완전히 극복했다고할 것도 아님을 리나는 알고 있다. 강도가 줄었다고는해도 외부의 보이지 않는 것들과의 싸움, 동시에 내면에 자리 잡은 그림자들과의 갈등은 리나에게는 여전히현재진행형이다. 리나는 이런 것들이 자신만이 겪는 일이라고는 생각지 않는다. 리나는 특별한 경우라 보일수도 있지만 어떤 인간이든 외부의 위험에서 자유로울수는 없고 내면이 한 가지 색깔처럼 단조롭고 편하기만 할 수도 없다.

오랜 시간 동안 리나에게 세상의 아름다움이 사라져버린 것 같았다. 음악 소리가 들려도 좋은 책을 보아도, 자신이 사랑하고 가치 있게 여겼던 것들이 사실은 다가짜였다라고 말하는 것 같았다. 영원히 그렇게 갈 것같았다. 그런데 다시 조금씩 세상의 다른 모습을 발견하게 되었다. 예전과 같은 것은 아니지만 세상은 여전히 더 나아갈 곳이 있어 보인다고 리나는 느꼈다.

리나보다 더 기막히거나 슬프거나 비극적인 사연을 가진 이들은 많이 있어 왔을 것이다. 그러나 그들 중 많은 수가 무엇이 자신을 그렇게 만들었는지 알지도 못한 채, 혹은 안다 해도 세상에 말할 기회도 갖지 못한 채 삶의 무대에서 퇴장한다. 이 점에서는 리나는 특별한 축복을 받았는지도 모른다.

에
필
로
그

에필로그

집 앞에 눈부시게 활짝 피었던 벚꽃이 꽃잎을 흩날리며 지고 있다. 이제 연두색의 잎들이 자라날 것이다. 변화하는 자연은 경이롭고 우리를 생각하게 만든다.

언젠가는 책을 내고 싶었다. 세상에 나의 느낌과 생각을 책으로 펴내는 이런 순간을 맞이하게 되어 기쁘다.

나의 특별하고 이해하기 어려운 개인적 경험을 정

리해 쓴 이 글이 나의 마음에도 다른 이들에게도 도움
이 되었으면 좋겠다. 글을 쓰며 마음이 어지럽고 힘들
때도 있었지만 마무리가 되어 갈수록 안정이 찾아왔다.
이런 점만 해도 내게 좋은 의미가 있는 책이다. 읽는 이
들도 스스로 다양한 생각을 할 수 있는 열린 책이기를
바란다.

자전적 시 한 편을 덧붙인다.

책

한글을 깨치게 되면서 동화책을 읽기 시작했지
신기한 이야기들, 고운 그림들
몇 권 되지 않는 책들을 읽고 또 읽었어
얼마 뒤 어머니가 사업을 시작하면서
인사차 답례차 책을 많이 사들이셨지
그때는 주업 부업으로 책 외판을 하는 분들이 많았거든

전집으로 들어오는 많은 책들

울지 않겠다고 결심한 날

책장을 가득 채우고도 넘쳐났지

처음엔 그저 재미나고 신기해서 책에 푹 빠졌을 거야

그렇게 그 책들을 읽고 또 읽었어

참 좋은 책들이었지

그러다 책 속에서 특별하고 중요한 무언가가

보이기 시작했어

서서히 드러나는 피할 수 없는 것이 있었어

그건 바로 타인의 고통과 슬픔의 존재였어

그래, 선머슴 같은 말괄량이 꼬마였던 나는

책 속에서 그걸 배웠어

하지만 난 몰랐지

어떻게 그런 배움을 현실과 조화시키며 살 수 있는지

어떻게 그런 사람이 될 수 있는지

알지 못했어

늘상 사는 게 내 코가 석자요,

내 발등에 떨어진 불같은 인생이었어

수백 년 전 한양 땅 지도를 들고
21세기 서울 땅에 떨어진 사람마냥
그렇게 살았지

타인의 고통과 슬픔의 존재…
어린 내게는 너무 버거운 발견이었는지도 모르겠어
그건 분명 어떤 의미는 있었을 거야
그러나 그건 마치 맞지 않는 큰 옷,
현실세계에 허술한 방어벽,
모순된 바람을 부추긴 것과도 같았어

난 내 코가 석자인 사람일 뿐이었는데
더한 짐이 되어버렸던 것 같아
그리고 읽은 책과 진짜 세상은 너무나 달랐고
책 속의 인간과 진짜 인간도 달랐지
사람이 책을 쓰는 정신으로 늘 사는 것도 아니었어

책은 내게 많은 것을 가르쳐 주었지만
나는 제대로 알지 못한 게 많았지,

나 자신에 대해서도, 세상에 대해서도

큰 파도들을 넘어야 했지
정말 큰 파도들이었어, 쓰나미였다니까
다행히 무슨 복인지 잘 살고 있지
또한 별로 잘한 건 없지만
나를 자랑스러워해도 될 거야

작은 책들의 징검다리를 깡충깡충 뛰며
깊고 푸른 강을 건너다니며 살았던 나를
슬프고 힘든 순간들도 있었지만
나를 포기하지 않았던 나를

울지 않겠다고 결심한 날

초판 1쇄 인쇄 2018년 5월 15일   **초판 1쇄 발행** 2018년 5월 21일

지은이 최은경
펴낸이 천정한
펴낸곳 책엔
인쇄제책 (주)아이엠피
종이 NPAPER
출판등록 2018년 5월 8일 제2018-000136호
주소 서울 마포구 모래내로7길 38 서원빌딩 301-5호
전화 070-7724-4005   **팩스** 02-6971-8784
블로그 http://blog.naver.com/junghanbooks
이메일 junghanbooks@naver.com

ISBN 979-11-87685-26-5 (03810)

책값은 뒷면 표지에 적혀 있습니다.
잘못 만든 책은 구입하신 서점에서 바꾸어 드립니다.

책엔은 도서출판 정한책방의 자매 브랜드입니다.